MAGNÓLIAS 57

Editora Appris Ltda.
1.ª Edição - Copyright© 2023 do autor
Direitos de Edição Reservados à Editora Appris Ltda.

Nenhuma parte desta obra poderá ser utilizada indevidamente, sem estar de acordo com a Lei nº
9.610/98. Se incorreções forem encontradas, serão de exclusiva responsabilidade de seus organi-
zadores. Foi realizado o Depósito Legal na Fundação Biblioteca Nacional, de acordo com as Leis nos
10.994, de 14/12/2004, e 12.192, de 14/01/2010.

Catalogação na Fonte
Elaborado por: Josefina A. S. Guedes
Bibliotecária CRB 9/870

R788m 2023	Rosa Jr., Norton Cezar Dal Follo da Magnólias 57 / Norton Cezar Dal Follo da Rosa Jr. 1 ed. – Curitiba :Appris, 2023. 118 p. ; 21 cm. ISBN 978-65-250-5377-6 1. Ficção brasileira. 2. Fome. 3. Desamparo. 4. Amor. I. Título. CDD – B869.3

Editora e Livraria Appris Ltda.
Av. Manoel Ribas, 2265 – Mercês
Curitiba/PR – CEP: 80810-002
Tel. (41) 3156 - 4731
www.editoraappris.com.br

Printed in Brazil
Impresso no Brasil

Norton Cezar Dal Follo da Rosa Jr.

MAGNÓLIAS 57

FICHA TÉCNICA

EDITORIAL	Augusto Coelho
	Sara C. de Andrade Coelho
COMITÊ EDITORIAL	Marli Caetano
	Andréa Barbosa Gouveia (UFPR)
	Jacques de Lima Ferreira (UP)
	Marilda Aparecida Behrens (PUCPR)
	Ana El Achkar (UNIVERSO/RJ)
	Conrado Moreira Mendes (PUC-MG)
	Eliete Correia dos Santos (UEPB)
	Fabiano Santos (UERJ/IESP)
	Francinete Fernandes de Sousa (UEPB)
	Francisco Carlos Duarte (PUCPR)
	Francisco de Assis (Fiam-Faam, SP, Brasil)
	Juliana Reichert Assunção Tonelli (UEL)
	Maria Aparecida Barbosa (USP)
	Maria Helena Zamora (PUC-Rio)
	Maria Margarida de Andrade (Umack)
	Roque Ismael da Costa Güllich (UFFS)
	Toni Reis (UFPR)
	Valdomiro de Oliveira (UFPR)
	Valério Brusamolin (IFPR)
SUPERVISOR DA PRODUÇÃO	Renata Cristina Lopes Miccelli
ASSESSORIA EDITORIAL	Miriam Gomes
REVISÃO	Rafaela Mustefaga Negosek
DIAGRAMAÇÃO	Renata Cristina Lopes Miccelli
CAPA	Tiago Reis
ARTE DA CAPA	Jaqueline Maciel Nascente

Para minha filha Isabella Rosa da Rosa

Se a música inspira o amor, continuem a tocar.
(William Shakespeare)

Ter vivido uma coisa, qualquer que seja,
dá o direito imprescritível de escrevê-la.
(Annie Ernaux)

Talvez a imobilidade das coisas ao nosso redor lhes seja imposta
pela nossa certeza de que tais coisas são elas mesmas e não outras,
pela imobilidade de nosso pensamento em relação a elas.
(Marcel Proust)

Não fazemos amigos, reconhecemos.
(Vinícius de Moraes)

SUMÁRIO

FOME 11

SOLIDÃO 25

TROCA DE VIDA 36

O JOGADOR 50

QUANDO O AMOR SALVA 63

VENTO NORTE 82

AMIGOS 105

FOME

João era um carroceiro conhecido no bairro Patronato, na cidade de Santa Maria, no início dos anos 80. Apesar de percorrer todas as vielas da redondeza, ele sempre começava a sua jornada de trabalho pela rua das Magnólias. Seu corpo avantajado sobre a carroça abarrotada de frutas, verduras e bugigangas contrastava com o cavalo franzino que trocava passos com lentidão. Ele tinha o hábito de bater com o cabo do relho na madeira, o ritmo acompanhava o refrão: *Magnóooooolias..., Magnóooooolias... Olha a batata, a mandioca, a verdura, a banana...*

O texto capaz de despertar a todos se misturava aos resíduos de sonhos de um menino, morador da terceira casa à direita. Albino, ainda sem saber se estava dormindo ou acordado, também se via desperto por rugidos de barrigas desamparadas. Ao abrir os olhos e ver o quarto compartilhado com mais dois irmãos, ele percebia a angústia dos mais novos em busca de alguns trocados para negociar as frutas mais baratas: bananas. Caso estivessem num dia de sorte, ou pudessem contar com a bondade de João, poderiam ser surpreendidos com maçãs.

O dinheiro estava escasso. Achar moedas perdidas pelos cantos da casa era uma missão quase acrobática. A angústia em ter que lidar com o incerto se via ofuscada sob um véu de aventura.

O piso de madeira da cozinha, além dos ruídos que anunciavam a presença dos passantes, tinha fendas entre uma tábua e outra. Essas frestas de esperança podiam abrigar moedas entre o chão e o piso. Juntar dois pauzinhos e colocá-los entre as aberturas, para capturá-las, era uma questão de sobrevivência. A destreza necessária para encontrá-las concorria com a urgência em se dirigir à carroça de João. O carroceiro não escondia a emoção quando observava os três meninos às voltas com suas caixas de fruta.

Apesar das poucas palavras, dos traços rudes e do corpo calejado pela lida, reconhecia-se a sensibilidade incomum daquele homem. Há quem diga que seu cavalo subitamente parava quando chegava à frente da casa de número 57 na rua das Magnólias. A proximidade com Albino e seus irmãos o fez perceber o quanto suas passagens eram esperadas com entusiasmo.

— O que vai ser hoje, gurizada?

— Bananas — respondeu Albino, com a mão esticada, segurando alguns trocados, ciente de que alguém ficaria a lamber os dedos.

Os meninos de alguma forma já haviam percebido que quando João ficava em silêncio, arregalava os olhos e coçava a cabeça, havia esperança.

— Levem seis bananas — respondeu gaguejando. Logo após presenteá-los, deu-lhes um conselho: não esqueçam de comer verduras. Elas têm ferro, isso é bom para a cabeça de quem estuda. Vocês devem estudar.

João agarrou dois atados de couve, um punhado de tomates, dez batatas e entregou tudo a Albino. Ao constatar a alegria dos meninos, disse-lhes:

— Agora saiam da frente, preciso trabalhar...

Enquanto ele partia, Albino leu a plaqueta de madeira, pendurada atrás da carroça: "Se o trabalho deixasse rico, o burro seria milionário".

— Magnólias.... Magnólias!

Com o passar dos dias, a habilidade na busca de moedas não era suficiente para encontrá-las. As frestas jamais estiveram tão estreitas. O dinheiro desapareceu, não havendo mais nada a ser procurado. Com elas se dissiparam as esperanças de comprar comida. Exaustos, dormiam na expectativa de sonhar e fazer cessar a dor implacável da fome.

Durante algumas semanas, os meninos deixaram de despertar com o refrão de João. Ansiosos, antes mesmo do sol nascer, pareciam inquietos com o porvir. Numa manhã de segunda-feira, às cinco horas e vinte minutos, todos já estavam em pé. Olhares desviantes perambulavam pelo quarto. Ninguém abria a boca para falar. As feições denunciavam a falta de energia para reagir, ao mesmo tempo que sentiam a necessidade de fazer alguma coisa, pois temiam a possibilidade de o carroceiro nunca mais passar por aquelas bandas. Na verdade, eles estavam obcecados por encontrar alguma forma de pagá-lo pelos alimentos.

De repente, Albino saiu correndo em direção ao quarto dos pais. Seus irmãos, contagiados por aquela atitude, seguiram-no como quem segue a um líder. Lá estava ele como se estivesse a contemplar alguma imagem sagrada, em frente a um enorme guarda-roupa branco. Paralisado, sua mão esquerda, com os dedos cerrados, juntava-se à boca; seus olhos lacrimejavam.

Albino ficou alguns minutos parado em frente àquele guarda-roupa de oito portas. Logo atrás, seus dois irmãos o observavam com olhares encorajadores. Um silêncio impregnou o ar.

Fortalecido com os olhares dos irmãos, Albino deu um passo à frente, demonstrando determinação para abrir aquelas portas. Ao abri-las, todos se regozijaram a contemplar as calças, as camisas e as gravatas do pai. Eram dezenas de ternos e sapatos, devidamente engomados e lustrados. Seu Oliveira tinha o hábito de colecionar roupas. Entretanto, os objetos não condiziam com a precariedade da situação financeira que sua família vivia.

Logo eles retiraram os sapatos, as calças, os cintos e os jogaram sobre a cama de casal. Depois, imaginaram aquilo tudo sendo trocado por caixas de frutas e verduras. Rapidamente, pegaram o lençol da cama dos pais, colocaram as roupas e fizeram uma trouxa para carregá-las. Albino se encarregou de dar um nó apertado, a fim de que os objetos não caíssem ao correrem em direção a João.

O carroceiro, apesar da lentidão do cavalo, encontrava-se no final das Magnólias e, até então, ninguém da casa 57 havia aparecido. Intrigado, indagou os vizinhos, mas não obteve informações. Então, parou a carroça, assoou o nariz, coçou a cabeça e tomou as rédeas para seguir seu destino. Nesse momento, ele ouviu os gritos:

— Joãoooo..., espere, estamos chegando, não vá embora...

Os irmãos corriam, revezando-se para equilibrar um saco junto às costas. Ao ver aquilo, João cuspiu o palheiro que há horas dançava em sua boca, saltou da carroça e pôs-se a esperá-los.

Os vizinhos observavam a cena com relativa distância. Nunca tinham visto aquele carroceiro fora da carroça. Albino, porém, já havia testemunhado o amigo descer da geringonça. Quando colocou as roupas no lençol, no instante em que repetiu o malabarismo de dar um nó apertado nas pontas daquele trapo, lembrou-se da primeira vez que o viu. Ele só percebera que estava com os cadarços dos tênis desamarrados através dos olhos de João. O carroceiro, ao vê-lo com o olhar perdido, parou a carroça e abandonou o trabalho.

João fez questão de primeiro olhá-lo, depois olhar em direção aos tênis desatados. Albino respondera com desdém. Então, ele desceu da carroça e se dirigiu em direção ao menino. Agachou-se diante de seus pés e, olhando-o nos olhos, pôs-se a amarrar-lhe os tênis. Puxou as pontas dos cadarços de modo a emparelhá-las; logo após, tencionou as cordas sobre os pés e

MAGNÓLIAS 57

desferiu o derradeiro nó. Naquele dia, Albino aprendeu: quando alguém consegue amarrar o próprio calçado, deixa de ser criança. Jamais caminhará da mesma maneira. É como se a tensão da vida passasse a se inscrever no corpo. Vivência ímpar na história: confiança, responsabilidade e potência se amarraram num simples cadarço que apenas segue o propósito de prender um tênis ao pé.

De volta à cena, Albino abriu a trouxa no chão e disse:

— Queremos trocar essas roupas por comida.

João respondeu:

— Assim tu me ofendes.

— Se não for assim, não vamos querer as tuas frutas.

O carroceiro já havia percebido o quanto aqueles meninos faziam o que diziam. — Está bem! Mas o que farei com essas roupas chiques? Não tenho onde usar isso. Minha vida é pobre.

— Pobre! Com esse montão de comida aí? — respondeu o irmão conhecido como Caçula.

Albino disse a João para ele se vestir melhor, pois trabalhava muito e merecia roupas de qualidade.

Durante semanas o ritual de troca de roupas por caixas de mantimentos ocorreu sistematicamente. No início eles pouparam os ternos, pois ainda alimentavam a esperança de o pai aparecer e desejar trajá-los. Contudo, como a cada dia isso parecia mais improvável, trataram de negociá-los. Com o passar do tempo, a carroça de João virou uma quitanda ambulante. Tinha de tudo: leite, verduras, frutas e pão de casa.

Com o término do inverno, o guarda-roupa foi esvaziado. Ao perceberem as consequências de seus feitos, barrigas cheias davam lugar a corações tristes. Arrependidos, por um lado, comungavam do sentimento de culpa; por outro, temiam o inevitável, as roupas chegariam ao fim. Uma única peça resistia no cabide. Era uma espécie de pedestal, numa cúpula protegida por todos. Não se tratava de uma roupa qualquer. Albino ouviu dizer que ela era usada em ocasiões especiais. Smoking! Eis o seu nome. A relíquia tinha em sua companhia um cravo branco fixado na lapela esquerda.

Quando olhavam aquela vestimenta, sentiam-se levados por devaneios incomunicáveis. Perturbados, fecharam as portas do guarda-roupa. O ato materializava um gesto de pudor, como se estivessem diante de um totem.

Durante os próximos quatro dias, Albino, Juca e Caçula não fizeram qualquer negócio com João. Ao ouvirem a sua voz: — Magnóooolias, Magnóooolias... — levantavam-se de suas camas, mas não saíam para falar com ele. Ficavam na janela da sala, observando-o subir, lentamente, a rua.

O dia: segunda feira. A hora: seis. O local: Rua das Magnólias.

Tudo estava esquisito. O cavalo, mais vagaroso. João, além da cabeça baixa, não batia o relho na madeira, tampouco pronunciava o costumeiro refrão:

— Olha a batata... a mandioca... a verdura... a banana.

Pela primeira vez, o carroceiro subia aquela rua em silêncio. Os irmãos se encontravam emoldurados, do lado de dentro da casa, atrás da janela. Fixavam os olhares no esforço de João para fazer o cavalo sair do lugar. Chovia muito e logo a Magnólias ficaria inundada. Os olhares atentos no carroceiro testemunhavam a sua dificuldade em enfrentar aquele dia atípico. Ao adentrar a rua, ele sentiu nos ombros o peso de estar trajando as roupas do pai. O contraste da carroça, das bugigangas e do cavalo franzino com o elegante casaco de terno num dia chuvoso parecia-lhes inacreditável. Todos começaram a lutar contra algo dentro deles. Ninguém poderia imaginar o desfecho daquela cena.

Com dificuldade, João conseguiu fazer a carroça chegar à frente da casa de número 57. Parou, respirou fundo e, mesmo sentindo um arrepio no corpo, resgatou forças para levantar a cabeça e olhar os meninos nos olhos. Febril e com semblante apático, seus olhos tinham desabitado o corpo.

Apenas a janela os separava.

Os irmãos olharam os traços que esculpiam a geografia do rosto daquele homem. Gratidão e respeito se confundiam com a culpa de vê-lo trajando roupas tão sagradas. Todos se deram conta do absurdo de tudo aquilo, restando apenas um olhar congelado. Não se tratava de qualquer olhar, era o presságio da mensagem insuportável — O pai está nu!

Lágrimas escorriam nos sulcos da pele de João. O peso daqueles olhares o fez explodir num grito agonizante:

— Meu Deus! Onde você está?

João se jogou da carroça e ficou estirado na rua. Logo após foi socorrido pelos vizinhos.

Os meninos não conseguiram sair para ajudá-lo. Pregados no chão da sala, viram-se sem ação diante da cena. Ao perceber a vizinhança socorrê-lo, Albino fechou as cortinas da janela.

Nos dias seguintes, eles esperavam por notícias de João. Entretanto, nem ele, nem sua carroça retornariam outra vez para aquelas bandas. Boatos davam conta de que fora internado numa clínica. Nunca mais alguém o veria novamente. Como se estivessem numa forma de luto, os moradores da casa 57 não saíram à rua até o final daquela semana. Olhos pendentes revelavam vergonha.

Ao anoitecer de domingo, o irmão Caçula falou a Albino:

— Mano, com aquele smoking nós vamos comprar caixas para a semana inteira, ou trocar pela carroça de João. Ele não vai precisar mais dela.

— E o que faremos com uma carroça?

— Vamos embora para algum lugar...

Albino abraçou-o:

— Vou cuidar de vocês, não vai acontecer nada de ruim.

Seguro com as palavras do irmão mais velho, Caçula adormeceu em seus braços. Depois de fazê-lo dormir, Albino resolveu negociar o smoking em troca de arroz, feijão e, talvez, com certo otimismo, um pedaço de carne. Encorajado, correu em direção ao quarto, abriu a porta do guarda-roupa e retirou o smoking. Pensou em levá-lo ao armazém da esquina e tentar a sorte. Antes de colocá-lo numa sacola, resolveu aproximá-lo do rosto. Estava determinado a cheirá-lo. Vez ou outra ele tinha o hábito de cheirar as coisas.

Ao cheirar a roupa do pai como um adestrado cão farejador em busca de algum vestígio do portador, detalhes desse odor abriram janelas no tempo. O passado se fez falar numa sucessão de imagens da infância. Sensação e lembrança andavam juntas para o pequenino *proustiano* das Magnólias, sempre angustiado em resgatar algum tempo perdido.

Com os olhos fechados e o nariz enterrado no smoking, Albino tentava não deixar as imagens irem embora. Suas mãos se agarravam ao tempo cuja memória buscava recuperar. Lembranças atormentavam seus pensamentos: o pai, ele e os irmãos rolando nas dunas de areia na única vez em que foram à praia juntos; o cheiro dos churrascos de domingo; as brincadeiras no tanque de lavar roupas, onde prendiam a respiração e competiam para ver o tempo que aguentavam embaixo da água sem respirar; a simpatia das três sementes engolidas após comer melancia nas tardes de verão; as peladas de futebol.

Aquelas lembranças o deixaram exausto de tanta nostalgia. Desnorteado, pensou em ficar a vida toda com o nariz soterrado no smoking. De repente, ele sentiu a essência do perfume do pai invadir o quarto, ao mesmo tempo que o peso de uma mão pousava em seu ombro direito. Imóvel, temeu o coração saltar

MAGNÓLIAS 57

pela boca. Vulnerável a qualquer reação, o grito de desespero, há muito tempo embalsamado em sua garganta, estava prestes a eclodir. Foi nesse momento que uma voz grave tomou conta do quarto:

— Está na hora de dormir, meu filho — era a voz eloquente do pai.

Albino foi ao chão. Seu corpo flácido foi recolhido e levado à cama.

Ao acordar percebeu que tudo aquilo não havia sido um sonho. O pai, subitamente, voltou à casa. Com ele, além do dinheiro, veio a primavera, deixando a Rua das Magnólias florida. Cedo da manhã, o aroma do pó de café percorria todas as peças, a mesa estava posta como nunca estivera: leite, pão, queijo, salame, geleia, patê e cereais.

Sentado à cabeceira, seu Oliveira fazia a leitura do jornal com a perna cruzada e a xícara próxima aos lábios. Sua mulher preparava o pão a ser levado ao forno. Dona Glória amava-o de forma servil. Feliz com o retorno do marido, ela logo tratou de assar os pães caseiros que ele tanto elogiava. Ao pegar um chumaço de algodão, mergulhar no óleo e prepará-lo para untar as formas, murmurava uma canção de ninar. Dizia a si mesma: — Agora todos dormirão em paz. Resignada, via-se salva da tristeza dos últimos meses.

Até aquele dia, ninguém havia conseguido tirá-la da cama à qual estivera confinada. Nos raros dias em que não estava dormindo, Albino via Dona Glória dedicando atenção ao livro "Madame Bovary". Curioso diante da leitura da mãe, ele folheou algumas páginas com o objetivo de matar a sua sede de explicação: o que a deixava tão absorta, a ponto de contemplá-lo como se estivesse à frente de um espelho? Seus olhos bateram nas únicas linhas sublinhadas no texto: "o tédio, aranha silenciosa, ia tecendo a sua teia na sombra de todos os cantos do seu coração".

Após decifrar aquelas letras, pensou: todos têm o seu livro de cabeceira. Isso o levou a acreditar que para cada pessoa já existia um livro retratando as lamúrias da vida. Então, ao perceber sua mãe às voltas com Flaubert, compreendeu: repetir leituras do mesmo texto é uma tentativa de decifrar a si mesmo.

Quando os filhos passaram à mesa, seu Oliveira tratou de fechar o jornal e dizer:

— Senti saudade de vocês.

Embora estivessem famintos, eles dispensaram os alimentos. Estavam de alma cheia com as palavras do pai.

Foram sete dias de refeições fartas. O pai havia chegado com diversas compras. Trouxera, também, um peru vivo, acompanhado de duas garrafas de aguardente. Entregou tudo nas mãos de Albino e disse:

— O bicho deve ser sacrificado em ocasião oportuna. A cachaça vai servir para amolecer a carne e deixar o assado mais saboroso.

Vez ou outra, ao retornar para casa, ele tinha o hábito de trazer algumas aves, dizendo aos filhos que algum dia eles teriam um galinheiro para cuidar. Para Albino, a aparição dos bichos concorria com a bizarrice dos seus frequentes desaparecimentos. De algum modo, ele sempre procurava demonstrar que acreditava nas fantasias do pai, pois imaginava que isso poderia mantê-los por mais tempo juntos. No entanto, apesar da repetição, quando o pai surgiu com um peru vivo, dando aquelas orientações, Albino chegou a pensar que ele estava bêbado ou teria perdido o juízo.

Seu Oliveira saía de casa somente para jogar futebol com os filhos, no campinho do colégio Padre Caetano. Numa dessas ocasiões, Albino se emocionou ao avistar a plaqueta de madeira jogada no chão da rua esburacada. Embora arranhada, ainda

MAGNÓLIAS 57

era possível identificar as letras inscritas: "Se o trabalho deixasse rico, o burro seria milionário". O menino pegou aquele pedaço de madeira e, tão logo retornou à casa, tratou de pregá-lo na parede do quarto. Contemplava-o como se estivesse a admirar alguma obra de arte.

Durante o dia, eles estavam radiantes com a disponibilidade do pai para brincar e contar piadas. Em contrapartida, quando chegava a hora de dormir, não conseguiam adormecer. Temiam o início de um pesadelo sem fim: acordar e constatar o sumiço do pai sem qualquer espécie de justificativa.

Naquela semana, uma brincadeira se repetia. Tratava-se do jogo no tanque cheio d'água, em que deviam prender a respiração e mergulhar as cabeças, com a finalidade de ver quem suportaria mais tempo sem respirar. Era declarado vencedor aquele que superasse os oponentes no cronômetro.

Oliveira estava obstinado a ensinar os filhos a controlarem a respiração, administrando bem o ar:

— Vamos! Mergulhem a cabeça. Só pensem no tempo. Fiquem ausentes de tudo e de todos. Não pensem em nada!

Albino, na maioria das vezes, era o perdedor. Ficava com a cabeça mergulhada no máximo um minuto e cinco segundos. Na última ocasião todos decidiram testar os próprios limites. O pai marcava no cronômetro o tempo de cada um, os irmãos ficavam ao lado observando a resistência dos competidores.

Albino estava determinado a superar a marca de dois minutos e vinte segundos, o recorde do pai. Antes de mergulhar a cabeça no tanque, em vez de respirar, a fim de armazenar o máximo de oxigênio em seus pulmões minguados, ele resolveu olhar nos olhos do pai e de lá retirar o ar almejado. Ao se aproximar do tanque viu sua imagem refletida na água. Foi baixando a cabeça, deixando-a submergir por inteiro. Seus cabelos longos lembravam a imagem de um polvo com os tentáculos esparramados pela água. Submerso, abandonou o conselho do pai de não pensar em coisa alguma. Estava decidido a testar, não apenas a si mesmo, pois queria saber por quanto tempo o pai o deixaria sem ar, submerso no tanque.

Na verdade, ele pouco se importava com o fato de quem iria ganhar a competição. Mergulhado em ideia fixa, Albino queria apenas saber se o pai iria arrancar a sua cabeça lá de baixo com o intuito de salvá-lo. No primeiro minuto, encontrava-se firme em sua missão. Passados dois minutos, ele ainda ouvia a voz do irmão Caçula: — Vamos lá, Albino, tu vais conseguir. No terceiro minuto começou a imaginar a mão de seu pai agarrando seus cabelos, puxando-o para fora. Quando o cronômetro registrou três minutos e dez segundos, suas pernas ficaram anestesiadas. Ao chegar em três minutos e vinte segundos, Albino ouviu o berro desesperado do Caçula:

— Chega, mano! Desiste.

Ao ouvir aquelas palavras ele ainda encontrou forças para retirar a cabeça para fora do tanque. Foi movido pelo único propósito de atender à promessa de cuidar dos irmãos. Concomitante àquela reação, Albino sentiu as mãos do pai, puxando-o. Tão logo saiu, desmaiou.

Com relação aos ternos, sapatos, gravatas e roupas desaparecidas do armário, ninguém ousou fazer qualquer menção sobre o ocorrido. Diante de tudo que sumia, não se falava. Esse era o pacto em que todos eram cúmplices.

Seu Oliveira começou a ter dificuldades em olhar os filhos nos olhos, temia ser cobrado por suas ausências. Apesar do ligeiro mal-estar, foram alguns dias de alegria na casa de número 57 das Magnólias. Mesmo com suas rápidas passagens pelo convívio com a família, ele encontrava espaço para promover festas com os amigos. Nessas ocasiões, cantavam e bebiam sem reservas. Isso, por alguns dias, fazia todos pensarem que tinham uma vida normal e sem privações.

Como de costume, o pai voltou a se ausentar do convívio com a família. Dessa vez, os meninos estavam mais sozinhos do que nunca, além disso ainda tentavam se recuperar do desaparecimento de João.

Eis o novo cenário: a plaqueta de João pregada na parede do quarto, acima da cama; os irmãos, novamente famintos; e Dona Glória entregue à depressão. Albino, tomado por um silêncio profundo, não fazia ideia do que fazer.

Caçula começou a dizer compulsivamente: - Gluglu... gluglu... gluglu! — Antes de cogitarem a hipótese de repentina loucura, o menino anunciou o destino:

— Temos um peru no pátio! Lembram? Temos um peru no pátio.

Tão logo entendeu a mensagem, Albino saiu disposto a localizar, sem piedade, o pretenso alvo. Juca se pôs a correr junto deles. Assim que adentrou a cozinha lembrou das palavras do pai quando retornou à casa: — a cachaça amolece a carne do bicho e deixa o assado mais saboroso. Rapidamente, agarrou-se numa daquelas garrafas e avançou feito um tigre faminto em direção à presa. Enfurecidos, pareciam tomados pela ira de predadores ancestrais. O bicho, prevendo as intenções de seus algozes, corria desgovernado pelo pátio.

Bastaram alguns minutos para todos serem vencidos pelo cansaço. Os três irmãos ensaiaram um círculo macabro ao redor do animal. Juca retirou a rolha da cachaça com os próprios dentes. Sentiu o gosto de uma água bizarra lhe queimar os beiços. Albino, com olhar criminoso, trocava de mão em mão — acompanhado do molejo que tomava conta de seu corpo — uma faca. O irmão Caçula, ao antever o desfecho daquele ritual, ficou paralisado. Após desferir berros, urinou-se por completo e foi acometido por um estado de gagueira. Albino, ao constatar aquela situação, deixou a faca cair, arrancou a garrafa de cachaça das mãos de

Juca e despejou-a na boca do irmão. Nesse ato de desespero, buscava acalmá-lo, fazendo-o falar como antes. O menino não aguentou a força da bebida, regurgitando-a de volta. Após o vômito, eles foram ao chão e lá ficaram estirados.

Embriagados, sem deixar uma gota de álcool na garrafa, sentiram na pele a carne amolecer. Seus olhos, agora insolentes, buscavam no céu alguma direção. Juca, ao contemplar o brilho das estrelas, perguntou aos irmãos se eles sabiam onde se localizava o Cruzeiro do Sul. Naquele instante, todos começaram a rir. Ao vê-lo indicando as estrelas, disseram-lhe: — Juca! Amanhã vão aparecer verrugas nos teus dedos. Sempre acontece isso quando se aponta para estrelas.

SOLIDÃO

Após o novo desaparecimento do pai, Albino começou a ter insônias. As noites se tornaram pesadelos de olhos abertos. Ao aproximar da hora de ir para a cama, antevia em seus pensamentos as imagens dos sonhos que impediriam seu descanso. Agora, com medo do que ele mesmo poderia produzir na solidão de cada sonho, lutava para não adormecer.

O desafio era manter-se acordado como uma sentinela, disposto a proteger o quarto dividido com seus dois irmãos. Tarefa nada fácil para quem ainda não se acostumou com os ruídos da madrugada. Seu único companheiro era o lençol, a ele incumbia a tarefa de cobrir o corpo, dos pés à ponta do nariz. Deixava somente um cantinho do olho de fora para espiar a luz que deveria ficar acesa a fim de dar vida à casa. Pequena precaução, pois sua memória não lhe permitia esquecer que certo dia ouvira alguém dizer: — Essa casa já foi assombrada.

Somente quando estava próximo do amanhecer, exausto da odisseia noturna, Albino se rendia ao sono. Tão logo havia adormecido, deparava-se com a hora de despertar. No café da manhã, as olheiras, acompanhadas de pequenos cochilos, estampavam os tormentos de suas noites. Preocupada, Dona Glória resolveu levá-lo para dormir em sua cama. Seus esforços pouco ajudaram. Temendo um estado de fraqueza, ela procurou um médico. A receita parecia simpática:

— Esse menino precisa de uma história escolhida a dedo e um analgésico.

Nos primeiros dias após a visita ao consultório do doutor, Albino voltou a dormir bem. Passadas algumas semanas, quando todos pareciam despreocupados com a situação, lá estava ele, no meio da sala, com os olhos esbugalhados, adentrando a madrugada. Antes mesmo de os familiares reconhecerem a sua impotência para ajudá-lo, Caçula disse: — A benzedeira... a benzedeira. Ela pode ajudar o mano.

O menino havia lembrado que a mãe, após a farra do peru, recorreu à benzedeira para curar a sua gagueira. Logo imaginou o quanto ela teria poderes para fazer o irmão dormir.

A tal da benzedeira era a mais nova moradora do bairro, despertando fuxicos na vizinhança. Seus filhos eram tantos que ninguém sabia ao certo o número exato. Com dificuldades, ela sustentava a família fazendo comida para fora e, nas horas vagas, ganhava algum dinheiro com sua reza forte, capaz de curar até doença ruim.

Ao chegar à residência da benzedeira, Albino enxergou a mulher agarrada num pano de prato. Ela parecia disposta a secar a imensa panela de alumínio, segurada com facilidade em apenas uma das mãos. Postou-se a olhar as feições daquela senhora. Primeiro, fitou o detalhe do lenço em forma de touca amarrado nos cabelos; depois, contemplou a saia que varria o chão da cozinha. Era de um azul escuro, com manchas amare-ladas, misturadas entre a gordura das frituras e a nuvem de pó vermelho que pairava no ar daquele chão batido. Logo após, viu-se olhando os chinelos desgastados, visivelmente menores que os pés de sua dona, fechou os olhos e sentiu o aroma de água de cheiro. Não dava para identificar ao certo, o odor se confundia com o cheiro de feijão.

A benzedeira ficou embaraçada com o olhar do menino. Embora estivesse segurando firme a panela, não conseguia ensaiar qualquer movimento. Albino a olhou nos olhos e cons-tatou: a mulher vertia suor pelo corpo. O rosto calejado pelo trabalho, o excesso de peso, os braços fortes, os movimentos lentos acompanhados do suor deslizante na pele fizeram-lhe

MAGNÓLIAS 57

recordar de João. Esses detalhes contribuíram para criar uma atmosfera de confiança.

Após se libertar do olhar de um menino capaz de desnudar sua intimidade em apenas dois minutos, a benzedeira, meio desajeitada, disse-lhe:

— Tá assustado com o tamanho da panela? Ela faz arroz para sessenta pessoas.

— Tu benzes com brasa?

— Tu és o menino que não dorme?

— Não. Sou o Albino. O menino que fica acordado.

Ela ficou em silêncio, resmungou algo e respondeu: — Não é a mesma coisa?

— Não é. Não vim aqui porque não durmo e sim porque fico acordado. Problema para dormir é uma coisa, problema de ficar acordado é outra.

—Ah é? Pra mim é tudo igual. Mas então o que tu queres?

— A benzedura com brasa.

— Isso eu já sei. Quero saber o motivo, o porquê!

— Mas o que cura é saber o motivo ou benzer?

— As duas coisas.

— Então, se a pessoa mentir, ela nunca será curada?

— [silêncio] Para com essa conversa mole porque tenho muita coisa pra fazer antes de anoitecer.

— Fico acordado perambulando pela casa a noite inteira. Esse é o motivo.

— Entendi. Tá explicado: sonâmbulo.

— Não. Apenas fico acordado.

— Vamos fazer essa benza de uma vez.

A benzedeira pegou uma caixa de fósforos, abriu um saco de estopa, colocou algumas pedras de carvão e saiu apressada falando sozinha, limitando-se a dizer ao menino para lhe acompanhar.

O percurso pelo pátio foi percorrido sem que eles dissessem palavra alguma. Ao entrar no galpão de trabalho dela, Albino ficou impressionado e, por alguns segundos, chegou a pensar que sairia dali curado. Apesar da precária luminosidade, a sala de madeira continha um cenário enigmático. Além de ficar escondida no fundo do pátio, atrás da casa na qual a benzedeira cozinhava, logo na entrada, ao lado da porta, havia duas carrancas. Esses guardiões de mau-olhado tinham em sua companhia, de um lado, um vaso de arruda e, de outro, espadas de São Jorge. E, logo acima, na passagem pela porta, existia uma figa suspensa por um fio de nylon com fita de seda vermelha. Para ele, aquilo tudo significava passagens para outras dimensões.

Dentro do quartinho havia dois troncos. Ambos destinados à benzedeira. Enquanto um ficava disponível para ela sentar, o outro servia como suporte para apoiar uma panelinha de ferro com carvões. O sujeito que buscava a benzedura ficava sempre em pé, independente do lugar no corpo onde fosse receber a benza. A pouca luminosidade, somada ao líquido cheiroso que ela jogava na brasa, mistura de essência de eucalipto, alecrim e mel, produzia um ambiente hipnótico.

Albino se postou na frente da mulher, baixou a cabeça e ficou a observar a cor da brasa que ardia na panela. Procurou timidamente olhar nos olhos dela. Demonstrava preocupação em ser surpreendido com alguma bizarrice. Viu-a resmungar uma reza acompanhada de gestos com a mão direita, percorrendo o corpo do novo cliente de cima abaixo. Imóvel, observou a benzedeira pegar com a mão as brasas da panela, aproximando-as de seu corpo, mantendo-as próximas do coração. Ficou

MAGNÓLIAS 57

intrigado com o fato de ela suportar o calor na palma da mão, sem expressar qualquer semblante de dor. Estava quase dizendo a si mesmo: — agora irei dormir. Foi aí que ele ouviu algumas palavras repetidas no meio de muita fumaça:

— Vai embora, insônia, deixe esse menino dormir... Vamos... Deixe...

Pronto! O encanto com a benzedeira se quebrou. Albino tinha dificuldade em aceitar que algumas coisas precisavam ir embora. Pôs-se a correr porta a fora, abandonando aquele galpão sem dar justificativa.

#

Num almoço de domingo, na casa de sua avó materna, onde o tema das insônias era pauta de discussão, Albino a observava, como de costume, apática na cadeira de balanço. Frequentemente ela se ausentava de tudo. Mesmo assim, seus olhos eram somente para ela. Quando perguntava aos parentes sobre o motivo desse comportamento, repetiam a mesma frase: — Esclerose, doença de velho.

Certa feita, enquanto todos partiam em direção ao pátio para tomar o chimarrão debaixo do parreiral, sua avó despertou da cadeira e se agarrou em seus braços. Não buscava somente apoio no corpo do neto para conseguir levantar o próprio, estava determinada a levá-lo até seu quarto e revelar aquilo que guardava como sendo seu maior tesouro: a caixa de costura.

— Há muito tempo esta caixa encontra-se aposentada. Sabe por quê? A minha cabeça não pode mais controlar os dedos. Agora chegou a hora de abri-la e deixar sair seus segredos.

Diante do comportamento da avó, Albino se lembrou das histórias que os parentes não cansavam de repetir sobre os segredos que compunham a caixa de costura. Ofegante, ela abriu a caixa e retirou um pano enrolado num objeto. Ele tinha diante de seus olhos aquilo que à primeira vista lhe pareceu apenas uma tesoura enferrujada. Daquelas que em seus anos áureos cortou no máximo alguns tecidos grossos.

Assim que lhe mostrou a tesoura, disse:

— Esta tesoura de ferro tem poderes. Sua missão sempre foi proteger as crianças com medo de sonhar com coisas ruins. Mas antes tu precisas saber como fazer o poder dela funcionar. Então, pela manhã, deixe-a no sol para pegar energia; quando chegar a noitinha, coloque-a debaixo do seu travesseiro, mas não se esqueça de colocá-la aberta. Tem que ser aberta! Faça isso e quando os sonhos ruins vierem, tu estarás protegido pelos poderes da tesoura. Sabe por quê? Sonhos ruins temem tesouras abertas.

A velha beijou a tesoura e presenteou o neto, dizendo-lhe que a partir daquele dia o objeto lhe pertencia.

Embora desajeitado com o peso da tesoura, Albino sentiu-se orgulhoso pelo amuleto herdado. Correu em direção aos familiares para contar os poderes transmitidos pela avó. Logo após ela voltou a ficar apática na cadeira de balanço. Ao chegar ao pátio, sua tia, dirigindo-se a ele sem qualquer espécie de preâmbulo e com a sua falta de polidez habitual, gritou:

— Cuidado! Larga isso! Oh, meu Deus, isso não é coisa de criança.

— É minha! Minha avó me deu para eu dormir.

— Sua avó não bate bem da cachola.

Arrancou-lhe a tesoura e arrumou um jeito de escondê-la.

Albino ficou triste diante da atitude daquela mulher. Entretanto, viu-se aliviado, pois começava a perceber o quanto sua avó era mais que uma velha esclerosada, como diziam. Então, dedicou o resto do dia a contar os segredos da tesoura de ferro aos irmãos. Depois, retornou para sua casa e adormeceu.

No dia seguinte, ele acordou disposto. Tomado por rara energia, pegou a máquina de moer carne e começou a preparar sua refeição preferida: quibe cru. Tentou seguir o que era possível recordar da receita herdada da avó. Na verdade, ele não lembrava ao certo. Mesmo assim, resolveu arriscar. As lembranças eram tão fortes como se a voz de sua avó soasse em seus ouvidos: — A carne deve conter o mínimo de gordura; a hora de moê-la é quando estiver próximo de consumi-la; a hortelã, de preferência, fresquinha; o trigo mistura-se na carne com paciência, como se estivesse massageando-a. O uso do azeite de oliva, apesar de indispensável, segue a critérios particulares.

Após aprontar os quibes, chamou os familiares para comê--los. Deixou de lado um pratinho, cuidadosamente preparado, a fim de ser levado à sua avó. Estava grato pela história e precisava retribuir de alguma maneira. Logo após a sesta, convidou a mãe e os irmãos para ir à casa dos avós.

Quando chegou à frente do portão, na rua São Francisco, no Bairro do Rosário, Albino viu seu avô sentado na escada com as mãos sobre a cabeça, espremendo os poucos cabelos que lhe restavam. Ao se aproximar, constatou a presença de um automóvel estranho estacionado em frente à casa. Ao lado dele, dois homens fumavam impacientes.

Ao ver aquela cena, perdeu a força dos braços e deixou os quibes caírem ao chão e serem levados pela valeta que corria há muitos anos em frente à casa dos avós. Agora, aquela canaleta de água, que ele muitas vezes ajudara sua avó a limpar, em dia de chuva, para que os resíduos de lixo não se acumulassem, levava consigo os quibes da gratidão. De qualquer forma, ninguém os comeria, pois quando a alma padece é o nada que se come.

Albino se aproximou do avô, passou a mão na sua cabeça e, pela primeira vez, viu-o com lágrimas nos olhos. Sempre acreditou que aquele homem forte, sisudo, militar da cavalaria, sobrevivente da revolução de 1930, jamais, em hipótese alguma, havia chorado sequer uma única vez, em toda a vida. Abraçou-o e chorou junto dele. Aos soluços, sua mãe pegou-o pelos braços e ambos adentraram a casa.

Tudo estava sombrio. No início da varanda, o espelho de cristal que atravessava gerações encontrava-se encoberto por um pano preto. Foi também a primeira vez que Albino entrou na casa e não viu sua imagem refletida no espelho. O relógio de chão, outra herança de um metro e sessenta centímetros de altura, estava com os dois ponteiros parados, o pequeno no número três e o grande no onze. Logo imaginou: quando os espelhos estão cobertos, o tempo fica congelado.

Ao se recompor, Albino começou a ouvir uma mistura de murmúrio e preces vindas do quarto da avó. Seus olhos não se fixavam em nada. Atordoado, ele precisava enfrentar aquilo. No entanto, suas pernas pareciam pregadas ao chão. Era um impasse cruel: ver a avó sendo velada pelas amigas de igreja em sua própria cama, ou guardar na memória as lembranças de infância ao lado daquela que para ele era a única relíquia da família.

Entre a varanda e o quarto havia uma cortina de cetim. Ele adorava transpô-la lentamente, deixando-a pentear seus cabelos cacheados. Naquele dia ficou imóvel debaixo dela. Fora o tempo suficiente para lembrar-se de sua avó, quando saía do estado de apatia, levando-o à feira do bairro para ensiná-lo a escolher as frutas de acordo com a estação. Bem verdade, o acontecimento mais importante era os sorvetes comprados toda a quinta-feira pela manhã; o dele ficava ao seu critério, o dela era sempre o mesmo, abacaxi. Nessas ocasiões era possível reconhecer os raros episódios de felicidade da avó. Talvez fosse por isso que

MAGNÓLIAS 57

Albino desejasse apenas guardar na memória a imagem dela saboreando um sorvete. Suas divagações, entremeadas nos tecidos da cortina, só pararam quando seus irmãos o empurraram em direção ao quarto. Lá, defrontou-se com o horror: não havia mais vida no corpo da avó.

Ao redor da cama, três senhoras rezavam com olhos fechados e um terço deslizante feito água por dedos escorregadios. Um lenço cobria os olhos dela. Calçava os sapatos da missa de domingo que sempre frequentava na Paróquia do Rosário. A roupa, a composição de uma saia marrom clara com uma blusa floreada de seda. Seus cabelos grisalhos estavam escovados como nunca, o corpo recebera banho de aromas.

O irmão Caçula, embriagado com aquelas orações, começou a puxar os pés do defunto, e aos gritos dizia:

— Acorda vó, acorda... Chega de dormir... Levanta dessa cama...

Uma das senhoras que rezava o tempo inteiro de olhos fechados, ao perceber a presença deles, ficou ensandecida com a atitude de Caçula e gritou:

— Pare com esse sacrilégio, menino maroto.

Juca, ouvindo a fala da velha como pôde, saltou para proteger o irmão:

— Vai tu para o colégio, sua velha louca. Nossa avó morreu. Veia doida, biruta, viuvinha de padre.

Diante do surto de cólera, todas acordaram do transe e foram corridas quarto afora. Juca, inundado em lágrimas, olhou os irmãos e disse-lhes:

— Nossa avó sempre ficou dormindo, não lembram? Logo ela vai varrer o pátio, fazer o chimarrão e o café com leite. Não vão atrás dessas velhas. Elas são birutas, ou vocês não sabem que reza demais endoidece, afrouxa os miolos?

No fundo eles gostariam de imaginá-la se levantando da cama e começando a falar como se nada tivesse ocorrido, pois a vida toda fora assim, de repente, quando menos se esperava, ela acordava.

Albino tocou na pele enrugada do braço de sua avó. Debruçou-se sobre o leito, abraçando-a pela última vez. Beijou-a na testa e rompeu o silêncio com a frase capaz de simbolizar sua gratidão:

— Viva o sorvete de abacaxi!

Juca nunca mais foi à escola. O irmão Caçula quando comia sorvete era sempre o mesmo: abacaxi.

Ao sair do quarto, Albino se deparou com o quadro preferido da falecida: uma gravura com a estampa da imagem de Jesus Cristo emoldurada em madeira, portando a frase: — Eu sou o caminho, a verdade e a vida. Antes mesmo de terminar a leitura pensou em quebrá-lo, mas, começou a beijá-lo, repetindo esse gesto durante vários anos ao passar por imagens sagradas. Após a ciranda religiosa dirigiu-se ao escritório do avô, queria a sua companhia para compartilhar a dor. Albino gostava de ficar ao seu lado, pois ele lhe ensinara a conviver em harmonia com o silêncio.

Cansado de tanto chorar, ele ergueu a cabeça e para sua surpresa avistou na estante, entulhada de papéis, dois livros, apenas dois. Até então, nunca vira um único livro na casa do avô e, de uma só vez, deparou-se com dois. Era no mínimo um enigma. Levantou-se sedento de curiosidade e, logo constatou, os tais livros eram literalmente iguais: capa, título, autor, editora. Não se tratava de qualquer obra, era nada mais, nada menos que "Cem anos de solidão", de Gabriel Garcia Marques.

Por que diabos alguém tem somente dois livros na estante? Não existiria espaço para outros? Dois séculos de solidão? Ele ficou tão perturbado, assim como ficara com a morte da avó. Logo imaginou a solidão vivida por seu avô, ao lado da esposa

MAGNÓLIAS 57

que se desligava de tudo, fechando-se num casulo sombrio. Pensou nos solitários cafés da manhã, nos almoços de domingo sem companhia, nas noites de inverno sem poder dividir desde pequenas demonstrações de afeto até uma simples xícara de chá. Um sentimento de revolta se avolumava dentro de si ao reconhecer o recente histórico de egoísmo da falecida. Albino decidiu abrir um dos exemplares. Atônito, deparou-se com a dedicatória:

— Quando um homem recuar diante do amor, ele estará condenado a viver na solidão. Amo-te.

Rio de Janeiro, outono de 1945, Estela.

Albino velou a avó lendo o livro que lhe abriu as páginas da vida censurada de seu avô.

TROCA DE VIDA

Depois da morte da avó e o repetido desaparecimento do pai, Albino e a família viram-se obrigados a abandonar a Rua das Magnólias. Foram embora sem se despedir dos vizinhos. Sentiam-se envergonhados, pois, após cinco meses sem pagar o aluguel, a ordem de despejo foi executada sem pudor. Ainda que Dona Glória tentasse preservá-los da notícia, eles já haviam ouvido algo a respeito de mudança, mas preferiram não acreditar.

Certa manhã um caminhão estacionou em frente à casa com quatro brutamontes. Albino, ao ver aqueles homens mexendo nos móveis da família, chegou a pensar que fossem assaltantes. Saiu correndo e foi se esconder dentro do guarda-roupa branco de oito portas. Ali ficou por mais de hora. Assustado, percebeu o barulho se intensificar e, de fundo, a voz de sua mãe chamando-o, justamente quando ficava surdo diante das marteladas que o guarda-roupa recebia, chacoalhando seu corpo, de um lado para outro. Ao começarem a desmontá-lo, os carregadores foram surpreendidos pelos gritos de um guri armado com espada de pau, disposto a proteger o seu templo sagrado.

A destreza do menino tomou como alvo a cabeça de um dos homens. Uma mancha de sangue escorreu pelo chão. Nada grave. Como reação, alguns safanões na cabeça de Albino e a frase pronunciada pelo chefe do grupo:

— Cuidado pessoal! Esse guri não bate bem da cabeça.

Albino foi até a janela da sala, olhou para as Magnólias e viu todos os móveis empilhados sobre o caminhão de carroceria aberta. Olhou para os lados à procura de algo para carregar com

MAGNÓLIAS 57

as próprias mãos. Apenas a Bíblia havia restado. Parecia-lhe viva a imagem dos dias em que os pais recebiam os devotos naquela casa para a leitura do texto sagrado.

Ao chegarem à nova morada, ele propôs a Dona Glória a retomada da Bíblia. A proposta, acolhida pela mãe, foi aceita pelos moradores mais antigos do bairro das Dores. Também pudera, tratava-se de um lugar tradicional, com o nome da própria paróquia: Nossa Senhora das Dores.

Albino aprovou a nova residência, algo lhe parecia familiar. Talvez por estar tomado por uma estranha bizarrice de encontrar alguma semelhança entre a Nossa Senhora das Dores e a Nossa Senhora dos Remédios do coronel Buendia e seus "Cem anos de solidão". A leitura recente de Garcia Marques era adubo para novos devaneios.

Logo nos primeiros dias os vizinhos mais próximos foram se achegando. Passados os doze primeiros meses, a atividade virou encontro das celebridades do bairro, contando com a participação da diretora da escola onde Albino passou a estudar e, até mesmo, do padre responsável pela paróquia. Tendo alguma possibilidade, ele sempre pedia permissão para participar das reuniões dos adultos. Além dos diálogos decorrentes dos olhares atentos ao escrito bíblico, atualizavam-se, com certa pitada de malícia, as fofocas das redondezas. Os alvos eram os supostos responsáveis por ameaçar a harmonia das relações.

Durante os três primeiros meses de morada nas Dores, seu pai retornou ao lar. Foi o período mais longo que ele ficou junto da família. Nesse novo universo, além de ser reconhecido como sujeito de moral inabalável, Oliveira chamava a atenção pela devoção à vida religiosa. Aos domingos, independentemente do tempo, não abria mão da presença de todos na missa. Seus dois filhos mais jovens eram motivo de orgulho, pois já haviam iniciado o percurso da crisma. Albino teria outro destino. Apesar de ser um coroinha da igreja, auxiliando o padre a distribuir os livros de cântico, a embalar o sino e a limpar a sacristia, com quase quatorze anos de idade, ele ainda não havia dado início à preparação para a comunhão.

#

Como num passe de mágica, a rotina mudou de forma abrupta. Raras eram as possibilidades de contar com a presença do pai em casa. As reuniões das quartas-feiras foram suspensas. A Bíblia, que até então ficava aberta na estante da sala, fechou-se. Como isso, também a participação da família na missa de domingo deixou de ser indispensável. Até mesmo o pai havia sumido da igreja.

Inquieto com as mudanças, Albino intensificou suas idas à paróquia. Todas as noites fazia-se presente na missa das sete. Solitário, dedicou-se à leitura do texto sagrado. As mudanças de comportamento anunciavam transformações. Albino precisaria de anos para entender que o rumo das coisas não dependeria de seus anseios. Ele e os irmãos não sabiam ao certo qual seria o novo destino de sua família. Até então, mesmo que seus pais tentassem sustentar uma imagem de marido e mulher, ninguém mais acreditava nisso.

À deriva de qualquer porto de ancoragem, ele sentia a necessidade de responsabilizar alguém pelos acontecimentos. Embora não soubesse a quem culpar, tinha convicção que deveria se tratar de uma pessoa poderosa. Bruxa, velha, suposta mentora de bruxarias e poderes transcendentais.

Os boatos anunciavam o fato de o pai ter outra mulher. As suspeitas levavam a uma antiga amiga da família. Albino presenciou algumas cenas que preferiu esquecer, transformando-as numa excessiva cordialidade com aquela que seria a sua futura madrasta.

MAGNÓLIAS 57

Como era comum em cidades do interior no começo dos anos 80, as noites eram acompanhadas de musicalidade ímpar. Os ouvidos de Albino capturavam aquilo que para a maioria das pessoas soava como ruídos monótonos: o ritmado coral dos sapos após uma longa noite de chuva; os distantes fragmentos de diálogos dos raros andarilhos da madrugada; os estalos do piso de madeira ao ser percorrido por algum familiar ansioso em encontrar o banheiro; as palavras pronunciadas pelo irmão Caçula enquanto dormia. Algumas vezes também era possível, através dos murmúrios de sua mãe, ouvir uma mistura de choro e oração.

A casa nas Dores desfrutava de posição geográfica privilegiada. Casa de esquina. Coisa fina na época. Dividia a quadra com o pelotão da Brigada Militar, de um lado, e, de outro, com a paróquia das Dores. Ele nunca entendeu como eles podiam pagar o aluguel, pois há pouco tempo haviam sido despejados das Magnólias e sequer dispunham de muito dinheiro para comida. Na verdade, ele preferia não saber de nada; a calmaria noturna, somada à proximidade das instituições, produzia-lhe sensação de segurança.

Certa noite, Albino e os irmãos não adormeceram. Angustiados, eles resolveram buscar abrigo no quarto da mãe. Não conseguiram despertá-la, pois estavam tomados pelo clarão atrás da janela. Olhares petrificados, bocas emudecidas e corpos paralisados anunciavam que aquela noite se tornaria a mais barulhenta de todas.

Que luz trêmula era aquela, capaz de fazer sombras dentro do quarto? Seria a lanterna de um ladrão? O farol de um carro? Uma fogueira? O relógio marcava meia-noite e trinta. Logo lembraram-se das palavras da vizinha, frequentadora do terreiro do Pai Manuel: — Depois da meia-noite é horário perigoso. É a "hora grande", quando os espíritos de pouca luz ficam vagando em busca de um corpo para se encostar.

Albino ficou amedrontado a ponto de tremer compulsivamente, só parando após sentir o calor de um líquido quente que começava a escorrer entre suas pernas. Seu irmão mais novo, olhando-o nos olhos, investiu-o de autoridade, como se o convidasse a ensaiar os primeiros passos em direção à janela. Olhares vislumbravam uma tomada de atitude. Juntos sentiram-se fortalecidos. Agarraram-se ao trinque da janela e giraram o suficiente para abri-la. Sem mencionar palavra alguma tinham diante dos olhos uma galinha morta, quatro velas, alguns grãos de milho e diversas cocadas. Caçula demonstrou interesse pelo doce. Entretanto, a prudência do mais velho o levou a fechar a janela.

Durante o dia a vizinha tratou de explicar o ocorrido:

— Despacho! Batuque dos brabos. Tinha até uma galinha morta. A coisa ficou complicada para vocês.

Quem teria feito aquilo? E por quê? De imediato, a culpa recaiu na amante do pai. Começavam a criar uma inimiga e precisavam se defender de supostas ameaças. Os despachos passaram a ocorrer com frequência. A casa logo recebeu o estigma de "casa de encruzilhada". Uma nova significação para um local que jamais seria o mesmo.

Sem amarras na língua, dizia a vizinha:

— Morar em encruzilhada é perigoso. Nesses lugares são feitos os despachos para prejudicar as pessoas. Vocês precisam morar em outra região.

Depois do acontecido, Dona Glória e os filhos enfrentariam outra grande mudança em suas vidas.

#

A passagem pelo bairro das Dores foi rápida. Em seu novo lar, nos arredores do centro da cidade, não era possível

MAGNÓLIAS 57

avistar uma igreja qualquer, tampouco um pelotão de polícia. Somando-se a isso, eram cada vez mais raros os dias em que eles conseguiam encontrar o pai.

Logo após a mudança, todos os moradores da casa começavam a relatar sensações esquisitas, vultos, calafrios e diferentes tipos de medo passaram a ser comuns entre eles. Em função disso, resolveram chamar um padre para benzer a casa. Apesar do esforço, a crença da família na religião se encontrava abalada. Albino percebeu o quanto o afastamento do pai acarretou o distanciamento dos religiosos do convívio familiar, pois tanto o padre quanto a freira não aceitavam fazer a leitura da Bíblia no lar de uma mulher abandonada pelo marido.

O que fazer? Como se defender? O batuque indicado pela vizinha, subitamente, virou a nova esperança. Logo souberam que Albino, além de possuir mediunidade, seria o escolhido das entidades para proteger a casa. A partir das palavras proferidas pelos médiuns, ele fez todos acreditarem em seu potencial para receber um Preto Velho.

Antes de desenvolver suas habilidades mediúnicas, Albino foi submetido a um trabalho pesado no terreiro de Pai Manuel. Fora sugestão dos próprios médiuns, pois ao lhe darem os passes de descarrego, constataram a presença de um espírito de pouca luz. O obsessor o rondava porque alguém teria recorrido à magia com o objetivo de fazer mal à sua mãe. Mas como ele possuía o dom da mediunidade, acabava sendo o alvo das energias negativas do ambiente. A explicação dada era o fato de o seu corpo ter a capacidade de atrair as entidades do mal, protegendo, assim, os moradores da casa. Isso levou os médiuns a afirmarem a necessidade de fazer algo rápido para desmanchar os efeitos do maldoso trabalho.

Fora dado o veredito sobre o trabalho a ser feito: "Troca de Vida".

No terreiro de Pai Manuel ocorriam diversos tipos de atividade, cada qual com suas especificidades, hierarquias, poderes e complexidades: passes, oferendas, despachos, batucadas, bate cabeça, batismo de sangue e Troca de Vida.

O expediente da Troca de Vida sempre fora considerado algo complexo, até mesmo para os religiosos mais experientes. De modo que raras foram as vezes que naquele terreiro se fez uso desse procedimento. Somente quando o cliente apresentava risco de morte Pai Manuel autorizava o serviço. E quanto a isso ele era rigoroso, não havendo exceção. Dada a gravidade, a Troca de Vida era inevitável, pois outros recursos não surtiriam efeitos.

Tão logo conhecera um terreiro, já lhe atribuíram poderes especiais. Disseram-lhe possuir a companhia de um espírito de pouca luz e o aconselharam a realizar uma Troca de Vida. Nesse ponto, os médiuns foram muito sensíveis. A simples lembrança do inferno de seus últimos dias era o suficiente para Albino desejar trocar de vida.

No dia da Troca de Vida, numa segunda-feira, às seis horas da manhã, sua mãe o acordou, lembrando-lhe do compromisso previsto para começar, pontualmente, às oito horas. Ele resolveu acreditar na possibilidade de o ritual fazer tudo voltar ao devido lugar.

Ao dirigir-se ao banho, a mãe lhe entregou uma garrafa de água misturada com sal grosso, galhos de arruda, alecrim e alfazema. Pai Manuel havia orientado um banho de descarrego antes do trabalho. O primeiro passo era fazer a limpeza, despejando a água com sal grosso e ervas no topo da cabeça, deixando-a escorrer pelo corpo inteiro. Depois, a chuveirada, mas sem fazer uso de xampu ou sabonete, só água. Para finalizar, Albino despejou o resto da água com arruda na nuca, deixando o líquido escorrer pelas costas, conforme indicação de Pai Manuel. O cheiro do preparado ficou impregnado no corpo.

MAGNÓLIAS 57

Ao sair do banheiro, começou a ficar tenso. Chegou a pensar no seu corpo sendo entregue como oferenda aos deuses. Quando estava próximo de desistir de tudo, Dona Glória, ao perceber que o filho estava fazendo corpo mole, disse: — Vamos lá, está na hora.

Albino e sua mãe chegaram ao terreiro quinze minutos antes do horário marcado. Ficaram aguardando o pai de santo no pátio da casa, sentados num banco de madeira. No dia marcado, não havia outras atividades agendadas durante toda a manhã, somente a tal da Troca de Vida. O menino começou a deslizar pelo banco, de um lado a outro. Seu corpo fluía como uma folha de papel jogada ao vento do alto de um prédio. Embriagado pelo deslizamento no banco, ele leu a placa pendurada no prédio à frente da casa de Pai Manuel: "Necrotério Municipal". Caiu, bateu a cabeça e desmaiou. Sua mãe saiu gritando por ajuda, invadindo a casa do pai de santo, antes mesmo de ser chamada, Pai Manuel advertiu: — Vamos rápido! São os obsessores. Eles não querem a Troca de Vida. Não querem largar do menino, por isso estão tentando impedir o trabalho.

Pai Manuel foi socorrê-lo e junto dele saiu de dentro de casa uma mulher carregando uma bacia com água que em frações de segundos foi esvaziada na cara do menino. A agilidade do pai de santo fez todos se apressarem para dar início aos trabalhos. A tal mulher tinha a função de "cambona" de pai de santo, uma espécie de auxiliar e, ao mesmo tempo, iniciante na religião. Coube a ela carregá-lo nos braços até a sala onde a Troca de Vida seria realizada.

No recinto, Albino se deparou com o pai de santo sentado num banquinho de madeira, com a cabeça baixa e um charuto enfiado na boca. Foi inevitável a comparação com o ateliê da benzedeira. Muitas eram as semelhanças: a luminosidade, as imagens de santo, o cheiro de incensos misturados com os defumadores. Embora houvesse também algumas diferenças,

43

a começar pelo silêncio que o deixava com a sensação de estar sendo observado de todos os cantos, de todas as paredes, objetos e lugares. Como se não bastasse, além de o Pai Manuel não lhe olhar nos olhos, ele segurava um punhal riscando com força o pedaço de madeira fixado no chão, abaixo de seus pés.

Diversas velas estavam espalhadas pela sala. Chamavam-nas pelo nome de "vela sete dias", justamente por terem a propriedade de queimar por sete dias a fio. Lá se encontravam também: uma bacia com fitas de todas as cores, quindins, cocadas e alguns objetos chamados de "pembas". Essas, apesar de visivelmente mais grossas, assemelhavam-se a giz de escola. Pai Manuel as utilizava com o propósito de desenhar estrelas no chão e escrever bilhetes em pedaços de papel que, antes de serem fechados, recebiam baforadas de charuto.

Antes mesmo de o medo começar a dar lugar à curiosidade, Pai Manuel surpreendeu-o ao pegar a *pemba* vermelha. Sem dizer palavra alguma, esticou a mão direita solicitando aproximação. O pai de santo se levantou do banco, mas não chegou a ficar em pé, apenas agachado, fez um círculo em volta dos pés do menino e gesticulou com a mão, dando a entender que ele não deveria sair dali até segunda ordem. Albino ficou como se acabasse de ser congelado pelo sopro de um frio assustador. Com o seu espaço delimitado no chão, não mexeu nenhuma parte do corpo, até mesmo os olhos ficaram paralisados. Nesse momento, numa velocidade surpreendente, o pai de santo cravou o punhal bem à frente dos pés do menino.

Começou a soar o sino que aquele homem balançava com uma das mãos, enquanto a outra segurava o charuto. O ritual estava anunciado. Após o término do sino, um saco de estopa com a boca amarrada por uma corda saltava pela sala como se estivesse vivo. O saco saltitante se aproximou do círculo de Albino. Antes de tocar em seus pés, Pai Manuel o colocou no

MAGNÓLIAS 57

colo, demonstrando obstinação para desamarrá-lo. Saltou ali de dentro, como labaredas de fogo em busca de oxigênio, um galo preto. Zonzo, o bicho buscou alguma fresta para fugir. Albino o acompanhou com os olhos e logo se lembrou do peru que ele e seus irmãos não tiveram a coragem de sacrificar.

Pai Manuel saiu em busca do galo. Pegou o bicho pelos pés, deixando-o com a cabeça para baixo. Novamente o silêncio se instalou. Escutava-se somente o cacarejo do galo: *cóhhóhhóhhóhh... cóhhóhhóhhóhh... cóhhóhhóhhóhh...*

Agora quem andava ao redor do círculo de Albino era o pai de santo com o galo em sua mão direita. A fumaça dos defumadores, os incensos e os charutos se amalgamaram com a reza murmurada, enquanto ele circulava em torno do menino. Após dez exaustivos minutos, Pai Manoel parou diante dele. Pegou as pernas do galo com a mão esquerda e o pescoço com a mão direita e esticou o bicho como quem testa o limite de um elástico na altura da testa do garoto. Tão próximo, mas tão próximo, que era possível sentir o cheiro das penas do animal. Depois começou a esfregar o bicho no corpo de Albino, percorrendo-o por inteiro, da cabeça à ponta dos pés. Albino se viu esticado ao limite. Tornou-se o galo. Pai Manuel repetiu o mesmo gesto por oito vezes.

Os movimentos só terminaram quando o pai de santo começou a repetir:

— Sai desse corpo, infeliz. Sai, infeliz, desse corpo, infeliz!

A intensidade da voz e a força dos movimentos aumentavam. Em seguida, Pai Manuel começou a circular o galo sobre a cabeça do menino como se estivesse com um laço em suas mãos, pronto para capturar a presa.

Tudo na sala girou...

Albino se imaginou como um motoqueiro suicida jogado no globo da morte de um circo demoníaco, sem qualquer possibilidade de sair dali de dentro. Prestes a desmaiar, com o canto do olho esquerdo enxergou o braço de Pai Manuel descer violentamente em direção ao chão, acompanhado do grito ensurdecedor:

— Ahahahahahahahahahahaha...

O silêncio tomou conta da sala. O bicho se espatifou no chão. O pai de santo, com os olhos esbugalhados e com o sangue fluindo em seu rosto, deu uma gargalhada estridente.

O ar faltou.

Ao olhar os olhos virados do galo, o menino recordou do olhar que dirigiu ao pai antes de mergulhar a cabeça no tanque para testar os limites de quem suportava mais tempo debaixo d'água sem respirar. Albino, disse baixinho: — Pai, cadê você?

Eis o novo cenário: um galo morto, dentro do círculo de Albino, com os olhos e a cabeça esbugalhados pela brutalidade da pancada; um pai de santo ajoelhado de exaustão, fora do círculo que ele mesmo inscreveu; e um garoto ereto como nunca estivera, imóvel como rocha. Sua existência estava circunscrita pelo território demarcado pelos traços da *pemba*.

Cansado como se tivesse tomado uma surra, Pai Manuel se agachou aos pés de Albino, arrancou o punhal cravado na madeira e começou a abrir o galo. Retirou as vísceras e recheou a carcaça com fitas, velas e doces. Amarrou tudo com barbante e tratou de colocar o galo recheado no centro da bandeja. Chamou a *cambona* — a mesma que carregou o corpo do menino quando desmaiou ao cair do banco depois de ler a frase "Necrotério Municipal" — e disse-lhe:

— A bandeja está pronta. A oferenda deve ser realizada, pontualmente, no beco das sete facadas às vinte e três horas.

Albino ficou paralisado. Suas pernas enrijeceram a ponto de não poder andar. Cabeça, braços, pescoço, tronco, pés, mãos, nada mexia. Apenas uma lágrima deslizava em seu rosto. Esse foi o último movimento.

MAGNÓLIAS 57

Impossibilitado de sair daquele círculo por conta própria, o menino foi carregado para fora da sala pelos braços de Pai Manuel. Dona Glória pediu carona para um amigo da família e o levou para casa.

#

Albino entrou em casa sendo carregado. Os irmãos ficaram apavorados ao constatarem que o seu olhar tinha se desprendido do corpo. Ainda estava presente o dia em que observaram João subir a Rua das Magnólias pela última vez. Quando o cavalo parou em frente à janela da sala, foi possível perceber o olhar do carroceiro sem qualquer ponto de referência. Logo após, presenciaram o desfecho: a queda da carroça e o sumiço de João. Temiam o mesmo com Albino.

Feito vela que de súbito perdeu a chama, Albino deixou de falar. Os esforços dos familiares eram inúteis.

Juca combinou com Caçula de colocar cachaça na boca de Albino, repetindo assim o gesto feito com o irmão para curar a gagueira no dia da caça ao peru. Aproveitaram a ocasião quando Dona Glória lhes pediu que fossem ao armazém para comprar farinha e mel. Enquanto o mais novo entregou ao vendedor o bilhete com os pedidos da mãe, Juca tratou de surrupiar uma garrafa de aguardente. O dinheiro para trazer as encomendas não era suficiente, caso resolvessem comprar cachaça.

Ao chegarem à casa, aproveitaram a distração de Dona Glória para despejar o líquido na goela do irmão. Imaginavam que o efeito do trago iria lhe trazer de volta. Primeiro, tentaram lhe dar a bebida sentado; tamanho o esforço, logo desistiram. Então, deitaram-no. Caçula se encarregou de espremer as bochechas como se estivesse a moldar um funil com a pele do irmão. Juca despejou a cachaça goela abaixo. Albino, inerte, em menos de cinco minutos já havia engolido quase a metade da garrafa. O nervosismo os impedia de despejar tudo. Era compreensível, pois ao mesmo tempo que desejavam despertá-lo, não escondiam o receio de matá-lo. Isso os levou a reservarem uma quantia generosa para que eles também pudessem beber.

Juca e Caçula ficaram embriagados.

— Mano Juca — disse o Caçula com sorrisinho nos lábios —, Albino é o mais forte de nós três. De bebida, é claro! Porque em músculos sou o mais forte de todos. Com a língua enrolada, arregaçou as mangas da camiseta e exibiu seu bíceps como se estivesse num campeonato de fisiculturistas.

Juca se pôs a sacudir Albino pela perna, dizendo-lhe:

— Boa essa, né, mano?

— Não adianta, Juca, ele está bêbado, não escuta nada.

— Ouve, sim. Até as pessoas em coma podem ouvir, por que ele não ouviria?

— Porque ele cansou de tudo e trocou de vida.

— Trocou de vida um caralho! Nossa vida é essa e ninguém pode trocar. Nem o Albino, nem padre, nem pai de santo, nem bruxa, nem a puta que o pariu. Ele vai acordar agora, senão vou dar uma surra nesse covarde.

Juca pegou um cinto no guarda-roupa e ergueu o braço para bater em Albino. Caçula voou em seu pescoço, determinado a impedi-lo a qualquer custo.

— Não, Juca! Para com isso.

Caçula desferiu um soco na boca do irmão, o sangue logo mostrou a sua cor. Eles nunca haviam brigado. Estarrecidos com tudo aquilo, se abraçaram e choraram. Juca começou a sentir precipitações em sua barriga e logo vomitou, emporcalhando o chão.

Dona Glória apareceu no quarto.

MAGNÓLIAS 57

— Juca, tu és o mais velho, como faz uma coisa dessas? Deu bebida para o teu irmão, brigou com o mais novo e ainda vomitou no quarto. Tá louco?

— Ficou doida? Nunca serei o mais velho. Por acaso o Albino está morto? Só assim eu seria o mais velho.

Ao ouvir aquela fala destemperada do filho, Dona Glória lhe desferiu uma bofetada na cara. Perplexo, Juca não acreditava, pois entre as quatro pessoas mais amadas, uma estava desaparecida, outra tomada por um sonho profundo, e as outras duas lhe bateram.

Quando se apanha na cara, o rosto cai. É como se a vítima dessa violência pudesse enxergar a própria face estilhaçada no chão. Por isso, logo após a agressão é comum passar a mão no rosto. Isto não ocorre simplesmente em função da dor da pancada inesperada. Na verdade, é uma tentativa de recompor os cacos de um espelho estilhaçado. Quando alguém apanha no rosto, inscreve uma nova marca em sua imagem.

Juca ficou bravo com a mãe e saiu gritando:

— Tu não resolves nada nessa casa. Se depender de ti, Albino vai dormir a vida toda. Vou atrás do pai. Ele vai acabar com essa loucura.

— Volta aqui, Juca! Quer ficar de castigo?

— Nossa vida é um castigo.

— Tu nem sabes onde encontrar o teu pai.

— E daí? Vou procurar mesmo assim.

O JOGADOR

Seu Oliveira era proprietário de uma casa de jogos. Ninguém sabia ao certo onde ela ficava. O sigilo era uma precaução para se proteger da polícia.

A noite já se apresentava com sua dimensão sinistra para um menino desesperado à procura do pai, recém-fugido de casa e triste por não ter conseguido despertar o irmão. Perto das vinte e duas horas, após ter revirado a cidade, Juca encontrou a casa de jogos. Era um sobrado de dois andares, localizado no calçadão, no centro da cidade, diante das vistas da polícia.

O estabelecimento, apesar da precária aparência externa, dispunha, em seu interior, de relativa infraestrutura. No térreo, havia uma cozinha com três cozinheiras (todas aparentando ter muito trabalho e pouco tempo para conversar), dois banheiros, uma sala com sofás e televisores. Entre o térreo e o segundo andar circulavam dois garçons.

Juca tentou falar com as cozinheiras, mas elas foram indiferentes à sua presença. Resolveu se sentar na sala e esperar o pai. Algo lhe dizia que seu Oliveira estava lá, no segundo andar. Ao mesmo tempo, temia invadir o local sem ser convidado. Tão logo decidiu sentar no sofá da sala para aguardar a surpresa de enxergar o pai descendo as escadas em sua direção, viu-se diante de um sujeito enorme e com aparência amedrontadora. Saindo de um dos banheiros, ainda fechando o zíper da calça, o brutamontes caminhou em sua direção:

— O que faz aqui moleque? Isto não é lugar para um pirralho da tua idade. Vá embora, saia daqui! — O homem bateu as

MAGNÓLIAS 57

mãos como se estivesse a escorraçar um cachorro indesejado, invasor de terreno alheio.

Juca retrucou:

— Sou filho do Oliveira. Vim à procura do meu pai porque o meu irmão está passando mal.

— Muito prazer! — respondeu constrangido, o leão de chácara do local. Procurando se retratar, logo falou: — Seu pai é um grande homem. Tu deves ter orgulho de ser filho dele. Como é o seu nome?

— Juca. E o seu?

— O pessoal me chama de Buldogue.

— Isso é nome de cachorro. Qual seu nome de verdade?

— Aqui ninguém tem nome de verdade.

— Não entendi. Mas só preciso saber cadê o pai.

— Ele está lá em cima jogando cartas. Passou o dia inteirinho lá. Está virado. Há três dias está jogando sem parar: perde, ganha, recupera e perde de novo. É o inferno. O doutor só tem parado para comer e dormir. Pode subir. Antes disso, preste atenção: quando terminar o lance de escada, tu vais avistar uma sala com poltronas. Na esquerda, no final do corredor, terá uma porta, mas, não esqueça, nesse lugar tu não poderás entrar; na direita, encontrará outra porta com dois homens parecidos comigo, estarão de guarda. Quando chegar perto deles diga: Buldogue. Não esqueça, este é o código: Buldogue.

Juca se pôs a subir a escada.

A cada degrau percorrido, ele não entendia por que aquele estranho achava o seu pai um grande homem. Apesar de não ver motivos para ter orgulho do pai, chegou a sentir uma pitada de remorso. Assim, se dispôs a procurar alguma lembrança que pudesse justificar o fato de se orgulhar daquele homem, mas viu-se ruminando em torno da questão: — Como pode ele ser proprietário disso tudo se somos pobres? Ressentimento, culpa e indignação disputavam espaço em seus pensamentos.

Juca imaginou que o fato de o pai ser reconhecido como um grande homem dizia respeito a dois propósitos: primeiro, pela condição de proprietário do local; segundo, por portar um nome, onde todos respondem por apelidos. Entretanto, quando chegou ao último degrau da escada, passou como raio em seus pensamentos a ideia de o nome de seu Oliveira também não ser verdadeiro. Atordoado, pensou: o nome do pai é verdadeiro ou seria apenas um apelido de jogo? Sua vida toda seria uma mentira esfarrapada?

No último lance de escada, defrontou-se com os olhares nada amistosos de dois grandalhões. Pareciam muralhas em torno de uma portinhola para animaizinhos de estimação. Ele pegou o rumo da direita e começou a repetir em voz alta: Bul-dogue... Buldogue... Buldogue. Como robô adestrado, o homem da esquerda, completamente ereto, esticou o braço, balançou a cabeça e fez sinal com a mão direita, permitindo-lhe passagem, enquanto o sujeito da sua direita ficou imóvel com as mãos sobrepostas diante do corpo.

Juca ficou excitado com o fato de dizer uma palavra e as portas se abrirem. Foi inevitável a lembrança do filme assistido com os irmãos: "Ali-babá e os quarenta ladrões", imortalizado com a clássica frase: "Abra-te, sésamo". Cruzou pelos seguranças imaginando encontrar dinheiro e surpreender ladrões.

#

A sala de jogos

Quando a porta se abriu, Juca foi invadido pela fumaça do ambiente. No centro da sala havia uma mesa redonda com seis jogadores. Todos fumavam, bebiam e jogavam ao mesmo tempo. Bem próximo de suas cabeças havia um lustre quase do tamanho da mesa. Ninguém notou a entrada do garoto, tamanha era a tensão. Os olhares circulavam em direção a três lugares: as próprias cartas, as cartas lançadas à mesa e, especialmente, os olhares dos outros jogadores. Certa feita, ele ouvira seu pai dizer: — O bom jogador olha para os adversários sem se deixar ser olhado nos olhos. Destreza conquistada após anos de prática.

Seu Oliveira estava de frente para Juca. Ruminava um palito na boca, remanescente do almoço. Seus olhos giravam entre a mesa e as cartas. Não levantou da cadeira, tampouco mencionou alguma palavra diante da chegada do filho. Bem próximo, um careca, com a camisa aberta e o rosto vermelho demonstrava desespero com as cartas dispostas em suas mãos. Em contrapartida, bem à sua frente, o cenário era outro. Um baixinho exibia no pescoço uma corrente de ouro, duas pulseiras no braço e uma mulher sentada no seu colo. Ela vestia um shortinho curto, acompanhado do decote que enaltecia os seios.

Juca não entendia como ele podia desprezar os afagos dela. Ao ver aquela malabarista de sala de jogos, sentiu pela primeira vez o seu pau ficar duro como concreto. Ele chegou a esquecer dos jogadores, do pai, do próprio Albino, das dificuldades que enfrentou para chegar até ali, das bofetadas tomadas no rosto e, até mesmo, do real objetivo da procura do pai. Sentia apenas a ideia fixa de transar com ela.

A mulher logo reconheceu o cheiro de carne fresca olhando-a num ambiente nada excitante, onde a tensão do jogo tornava a sua presença dispensável. Com os olhos cravados em Juca ela constatou o calção do menino esticado, ameaçando rasgar o tecido como demonstração da implacável potência juvenil. Deu-lhe uma piscadela de olhos, deixando a língua deslizar sobre os lábios, como se estivesse faminta, porém cautelosa, diante do novo cardápio. O menino começou a apertar o pau parecendo prever a erupção de um vulcão, mas, logo após, viu-se acometido por vontade de mijar. Foi nesse momento que ele escutou o grito estridente: — Bati! Bati! Bati! Não acredito.

Enquanto isso, o sujeito das correntes de ouro deu um murro na mesa e gritou: Droga! Juca logo pensou ter sido flagrado em seus pensamentos libidinosos recém-despertos, denunciados pelos olhos sedentos. Ele chegou a imaginar que poderia tomar uma surra. Entretanto, quando percebeu os demais jogadores desmoronando suas esperanças na mesa, compreendeu que aqueles gritos não tinham qualquer relação com o prazer sentido.

Seu pai se retirou da mesa aos pulos. Abraçou Juca e o levantou para cima como se acabasse de receber a informação de ser o ganhador de um prêmio. A euforia era tão grande que ele sequer perguntou o motivo de o filho estar ali numa hora daquelas. Juca ficou contente em presenciar a surra dada pelo pai em seus adversários. Chegou até a imaginar a família milionária, gozando de consumos sem limites.

Após aquela alegria se dissipar, seu Oliveira perguntou:

— O que fazes aqui?

As suas palavras, além de não expressar surpresa pela visita do filho, não demonstravam qualquer expressão de vergonha pelos meses de ausência da própria casa. Isso despertou em Juca um ligeiro sentimento de raiva. Na verdade, ele pensou que o pai era louco ou absurdamente cínico. De qualquer forma, este era o comportamento de seu Oliveira: sorridente, alegre e festivo. Desde que ninguém o convocasse a responder por suas responsabilidades.

O pai fazia da vida uma festa, os filhos até poderiam ser convidados, com a condição de ninguém o lembrar de suas

MAGNÓLIAS 57

funções de pai. Altruísta, Juca não se deu o direito de ficar alimentando mazelas pessoais, resolveu deixar a raiva de lado com o objetivo de manter o propósito de ajudar Albino.

— Vim te procurar porque o mano Albino está doente. Depois da Troca de Vida ele entrou num sono profundo e não saiu mais.

— Troca de Vida! O que é isso?

— Também não sei direito. Pai Manuel colocou Albino dentro de um círculo, passou um galo vivo no corpo dele e depois matou o bicho para matar os espíritos maus.

— Vocês sempre fazendo arte! — disse Oliveira. — Ele não está falando?

— Não fala, não come e não se movimenta.

— Puxa! Então, a coisa é séria.

— Claro! — retrucou Juca. — Vamos para casa, pai. Albino vai melhorar quando tu apareceres.

— Tu achas?

— Claro! Quando os filhos são pequenos eles levantam da cama para ver os pais.

— Agora já é tarde. Coma alguma coisa e durma um pouco nos sofás lá de baixo. Eu ainda preciso ganhar mais algumas partidas antes de irmos.

— Por quê? Chega.

— A semana não foi nada boa. Preciso recuperar o dinheiro perdido, senão serei eu que irei dormir sem desejar acordar. — Para finalizar, Oliveira repetiu o bordão sempre anunciado em situações de tensão: — Sei apenas que é preciso ganhar, que essa é para mim a única saída.

A certeza do pai, seguida dos ecos da última frase pronunciada, fez com que o menino recordasse da única vez que seu Oliveira o surpreendeu por estar envolvido com a leitura de um livro: *O jogador*, de Dostoievski. Apesar de o pai não ter o hábito da leitura (o que contribuiu para que ele desistisse nas primeiras páginas), traçou com o lápis algumas passagens do texto:

"Não há nada de mais agradável do que não se sentir atingido diante dos olhos dos outros, agindo abertamente e sem constrangimento; [...] basta, portanto, encostar-se numa mesa de jogos para nos tornar supersticiosos; [...] por que o jogo seria pior do que outras maneiras de ganhar dinheiro?"

Juca ouviu as palavras do pai, entremeadas às frases marcadas, e logo tratou de decorá-las. Ficou decepcionado com as suas prioridades e concluiu que ele não se sentia atingido diante do olhar dos outros. Chegou a pensar em ir embora e abandonar a ideia de levá-lo ao encontro do irmão. Vencido pela fome, cansaço e frustração, optou por descer as escadas em direção aos sofás. Antes de se acomodar foi à cozinha em busca de comida. Até mesmo as cozinheiras já haviam ido embora.

Naquela hora só continuavam jogando os que não tinham mais nada a perder. Na gíria dos jogadores eles são vistos como as vítimas da "coceirinha" da vitória, da grande virada, do pressentimento da bolada. Enquanto a coceira infernal formigar-lhes as mãos, eles resistem até o último centavo no bolso.

Juca encontrou sanduíches na geladeira. Tratou de devorá-los. Antes de deitar no sofá, fez questão de dar boa noite a Buldogue. Enquanto diante dos jogadores aquele homem representava o guardião da sala de jogo, para o menino, ele se tornou a única referência de proteção. Talvez tenha sido esse sentimento que o tenha levado à cozinha novamente, em busca de comida para presentear o leão-de-chácara. Entregou o lanche para Buldogue e disse:

— Ficar a noite toda em pé deve dar fome.

— Obrigado.

MAGNÓLIAS 57

— Buldogue, tu acreditas em Troca de Vida?

— O quê?

— O meu irmão foi colocado dentro de um círculo por um pai de santo que passou um galo vivo nele e, depois, matou o galo para matar os obsessores de seu corpo. Quando acabou a Troca de Vida, ele nunca mais falou com ninguém. Não faz movimento algum. Por isso vim buscar o meu pai: para ver se Albino melhora.

— Já é tarde. Isso deve ser sono. Obrigado pelo lanche, mas agora durma.

Juca dirigiu-se ao sofá e fez sinal de positivo a Buldogue antes de fechar os olhos. O segurança abandonou o posto, subiu as escadas e invadiu o quarto que ele mesmo havia prevenido para não entrar. Lá transavam o sujeito das correntes de ouro e a mulher. Buldogue desconsiderou a existência de ambos, abriu gavetas, pegou cobertores e travesseiros. Antes mesmo de ouvir qualquer advertência, disse-lhes como se estivesse a separar sílabas:

— Tem um guri sozinho lá embaixo.

Os dois ficaram sem entender. Buldogue acordou Juca para lhe entregar o travesseiro e o cobertor.

— Agora posso responder a tua pergunta.

— Do que tu estás falando, Buldogue?

— Meu nome é Germano. Durma com Deus.

Juca adormeceu diante do olhar atento de Germano.

Eram seis horas da manhã quando o sol surgiu. Ao abrir os olhos, Juca flagrou Germano esticando os braços. As olheiras denunciavam a exaustiva jornada de trabalho. A maioria dos jogadores lutou até o limite. Corpos moribundos se espalhavam pelos cantos da casa de jogos. Enquanto isso, Juca subiu as escadas à procura do pai. Abriu portas de quartos, banheiros, despensas, e não o encontrou. Começou a chamar seu Oliveira em cada cômodo do sobrado. Quando já estava pensando em retornar para a casa sem ele, enxergou o pai de costas no fim de um corredor.

Juca desistiu de chamá-lo, mesmo porque seu silêncio não lhe permitia responder. Aproximou-se vagarosamente. Antes de tocar as costas dele, observou Oliveira colado no parapeito da sacada com a cabeça baixa. Próximo à sua mão esquerda tinha um cinzeiro abarrotado de baganas de cigarro. Ao lado da mão direita havia um copo de uísque e uma garrafa de *Jack Daniels*.

Juca parou dois passos atrás dele. Olhou de relance os cigarros e a bebida. Congelou o olhar nas costas curvadas do pai. Com a inclinação do corpo de seu Oliveira, era possível ver por cima dele. Juca avistava como paisagem quatro palmeiras. Por um instante, viu-se correndo para ganhar velocidade, colocando o pé esquerdo nas costas do pai, a fim de usá-las como rampa de impulsão para um salto no vazio. Antes de dar a largada, gritou:

— Pai!

Seu Oliveira girou a cabeça e visivelmente abatido, respondeu:

— Perdi tudo...

— [Silêncio]

— Eu achei que tinha perdido você, pai.

— Tu não sabes do que estou falando. Isso não é brincadeira.

— Pai, o que acontece com a pessoa quando ela perde tudo?

— É o fim da linha.

— Eu não sabia. Dá para apostar tudo num jogo de cartas?

— A vida é um jogo Juca, ou tu tens as cartas certas, ou estás ferrado. Mas eu ainda tenho algum dinheiro guardado, o relógio e o carro. Em uma semana vou recuperar tudo de novo.

MAGNÓLIAS 57

— Precisamos ajudar o mano Albino porque ele está muito doente. Isso não pode esperar. Vamos para casa, a mãe deve estar apavorada com o meu sumiço.

— Primeiro vou jogar água na cara, depois iremos. Vamos caminhando. Preciso curar a bebedeira para jogar à noite. Hoje será uma noite de casa cheia. Sabes o que isso significa?

— Não sei. Só conheço noites de casa vazia. E se tu tens dinheiro guardado é bom levares para a nossa casa.

Oliveira calou-se.

Ao sair da casa de jogos, Juca começou a perceber o quanto seus esforços seriam inúteis. Seu Oliveira caminhava pelas ruas tão distante como o próprio Albino. Fixado num jogo sem fim, o pai buscava as cartas ideais que pudessem amenizar a dor de jogar com a vida.

Ao colocarem os pés dentro de casa, Dona Glória, pela primeira vez, foi indiferente à presença de seu Oliveira. No entanto, não escondeu a felicidade de rever o filho retornar para eles. Ele esperava um sermão por ter dormido fora, ao que ela responde com um abraço restaurador. O pai pareceu abalado ao encontrar Albino completamente inerte. De alguma forma ele também alimentava a esperança de que a sua presença pudesse fazê-lo despertar do sono profundo. Entretanto, o seu retorno, diferente das outras ocasiões, não produziu efeito algum para ninguém.

Quando Oliveira parou na frente do filho e olhou seus olhos perdidos, lembrou-se do dia em que eles brincavam de prender a respiração enquanto mergulhavam suas cabeças no tanque. Veio a imagem de Albino olhando em seus olhos antes de mergulhar a cabeça na água, como se estivesse em busca de oxigênio nos olhos do pai. Albino desde cedo acreditava que os olhos dos pais são o lugar em que os filhos encontram o ar para respirar. A lembrança o comoveu. Chorou e adormeceu.

Ao acordar, Oliveira propôs a Dona Glória a busca de opinião médica. Ao mesmo tempo, tomou-se por um sentimento de revolta e responsabilizou o pai de santo pelo ocorrido. De acordo com os médicos, Albino sofrera uma espécie de crise nervosa. Seu Oliveira achou tolice a explicação dada. Em contrapartida, quando interrogado por Oliveira, Pai Manuel, com dedo em riste, tomado pela autoridade de pai de santo, se limitou a dizer que aquilo era raro de ocorrer, embora pudesse fazer parte dos efeitos da Troca de Vida. Disse ainda que era preciso ter paciência, pois logo ele iria ficar bem.

Passaram-se cinco dias e não havia sinal de melhora. Seu Oliveira, após ver suas iniciativas fracassarem, resolveu partir. Antes de ir embora, dessa vez, ele deixou uma quantia expressiva de dinheiro guardado dentro do guarda-roupa branco e avisou os filhos que eles teriam recursos suficientes para três meses. Diante daquele gesto, algo lhes dizia que esse afastamento poderia se prolongar por muito tempo, Caçula chegou a pensar que jamais o veria novamente.

Assim que seu Oliveira partiu, Juca foi se olhar no espelho, como se estivesse disposto a reviver a imagem das bofetadas na cara. Dona Glória voltou a se enclausurar no quarto. Suas energias se concentravam na retomada de seu livro de cabeceira — "Madame Bovary". Albino parecia ter razão quando dizia que o que a deixava absorta, a ponto de contemplá-lo como se estivesse defronte ao espelho, era sua devoção à incapacidade de reagir: "o tédio, aranha silenciosa, ia tecendo a sua teia na sombra de todos os cantos do seu coração".

A sensação de desistência era coletiva. Caçula, pressentindo o ar mórbido pairar na atmosfera, reagiu. Sentado ao lado de Albino, tentava ler trechos de um livro qualquer. Sua posição no cômodo da casa lhe permitia um ângulo privilegiado naquela ocasião. Ao cuidar do irmão, podia enxergar Juca passando a mão no rosto, capturado pela própria imagem refletida no espelho

MAGNÓLIAS 57

do banheiro. Na diagonal esquerda avistava a sua mãe deitada na cama, envolta num lençol.

Caçula chegou a imaginar todos congelados naquelas imagens de desistência. Fechou os olhos e cantou repetidas vezes o refrão de João: Magnóooooolias, Magnóooooolias... Olha a batata... A mandioca... A verdura... A banana... Magnóooooolias, Magnóooooolias, Magnólias!

O menino estava tomado pela repetição ininterrupta daquilo que havia se tornado um mantra diante do caos. Hipnotizado pelas próprias palavras, ouviu alguém interromper:

— O João desapareceu. Ficou louco? Esqueceu?

Albino estava de volta.

Caçula abraçou o irmão e chorou compulsivamente. Juca e Dona Glória se juntaram a eles em um abraço tão caloroso que os retirou da hibernação da desistência. Albino reagiu como se estivesse despertando de um cochilo, não conseguindo entender o motivo de tanta felicidade.

Nos dias seguintes eles não falaram nada sobre a Troca de Vida. Estavam dispostos a recusar a existência daquele episódio. Trataram de recordar apenas o fato de Albino ter mediunidade e, sendo assim, seria o escolhido para proteger a todos. Na tentativa de legitimar seu novo lugar, Albino instaurou um *Congá* na casa. Semanalmente, durante doze meses, todos falavam com o Preto Velho e reiteravam o pedido de proteção.

Entretanto, após passar um ano, ao constatar a crença de seus familiares se intensificando, Albino se demonstrou incomodado com a ideia de se fazer aparelho da entidade incorporada. O desconforto tornava-se maior ainda quando percebia o dinheiro escasso e sua família não fazendo economias para investir na nova crença. Entre os diversos objetos estavam as imagens, os artefatos e as guias de proteção. Tamanhos esforços repousavam numa única justificativa: sentiam-se protegidos. Ninguém poderia lhes fazer mal, Preto Velho não deixaria.

Mesmo convencido da necessidade de fechar o *Congá*, fazê-lo não era simples. Começava a sentir na pele o quanto cada processo de mudança requer perdas. De qualquer forma, inventar novas formas de lidar com as coisas significava salvar a si mesmo. Albino precisava abandonar Preto Velho.

Ao informar à família o fato de jamais incorporar Preto Velho novamente e de que os artefatos religiosos seriam doados a um centro de umbanda, Juca não aceitou a decisão do irmão e proferiu a sentença:

— Uma vez Preto velho, sempre Preto velho.

— Tudo pode acabar — respondeu Albino.

QUANDO O AMOR SALVA

Após uma nova mudança, Albino e sua família passaram a se refugiar na rua Floriano Peixoto, no centro da cidade, quase em frente ao Calçadão de Santa Maria. O abandono de preto velho ocasionou o distanciamento entre todos. A indiferença, da qual eram vítimas e autores, traduzia-se em silêncio.

O fato de morarem no centro, no meio de tudo e do nada ao mesmo tempo, gerava novas angústias. Raras vezes eles haviam estado naquele lugar. A maioria era em função do comércio, em busca de calçado, uniforme para a escola ou uma roupa qualquer. Nunca haviam morado num prédio antes. Isso fazia com que se sentissem confinados no quinto andar de um apartamento.

A vizinhança demonstrava pouca disposição ao diálogo. O perfil dos moradores se dividia entre estudantes universitários e idosos. Os jovens reclamavam da demora dos idosos nos elevadores. Os velhos se queixavam da truculência da juventude. Reunião de condomínio, jamais existiu. Havia uma mulher, moradora do primeiro andar, cuja função era controlar os excessos e amenizar as intolerâncias. Tinha na porta do seu apartamento uma plaqueta com a inscrição da frase: "Aqui, mora a zeladora". Quando a coisa apertava, recorriam a ela. Todos a respeitavam. Com fala serena, lembrava aos que a procuravam: "Zeladora. Sempre às ordens".

Albino e os irmãos passavam a maior parte do tempo na janela, contemplando o movimento dos transeuntes. Eles se sentiam pequenos, olhando tudo lá de cima passar numa velocidade a que não estavam acostumados. Com medo de sair do prédio, enclausuravam-se no Edifício Pisani.

Dona Glória continuava embriagada pelo desânimo. Levantava apenas para fazer as refeições e logo retornava à cama. Albino, agora com quase quinze anos, ficava na janela fumando os cigarros furtados dos amigos da mãe, que vez ou outra apareciam. Ele estava brabo com ela em função do local escolhido para morar. Não conseguia entender o porquê daquele lugar. Por mais que se esforçasse, não reconhecia qualquer possibilidade de identificação. Em protesto à escolha da mãe, passou a jogar dejetos pela janela. Quando acordava durante a madrugada, ainda meio sonolento e com vontade de urinar, não se dava ao trabalho de ir ao banheiro, abria a janela do quarto e mijava ali mesmo, molhando a rua e seus desavisados. Bem verdade, ele se recusava a olhar se acertava em alguém. Os olhos fechados pareciam autorizar o ato delinquente. Todas as noites: calor, frio, chuva, vento, nada o impedia, Albino esvaziava a bexiga janela afora.

Os mais novos passaram a imitá-lo. O banheiro, exposto a céu aberto, parecia expressar um pedido de socorro. Certa feita, Dona Glória despertou em função da algazarra no quarto dos meninos. Virou-se para olhar as horas e se levantou num sobressalto. O relógio registrava duas horas da manhã. Assustada, olhou o livro junto à cabeceira, dividindo espaço com algumas caixas de antidepressivo. Ficou com o olhar fixo direcionado aos remédios: as mãos se agitavam; os lábios tremiam; o corpo em estado de ebulição começou a ziguezaguear pelo quarto, sinalizando a angústia diante da necessidade de tomada de posição.

Romper com os fluxos das repetições mórbidas e o cultivo dos espaços sombrios de sua alma, apesar de necessário, exigia um esforço imenso. Ao olhar para os remédios, pensou: — Vamos lá, tome mais comprimidos e volte a dormir! Vai ser bom. Você não verá mais nada! Liberte-se desses gritos. Durma... Durma...

MAGNÓLIAS 57

Durma. Ao mesmo tempo, uma voz lhe dizia: — É preciso resistir à crença de que tudo continuará sendo como sempre foi. Aposte na vida.

Dona Glória concluiu que estava se entregando a um desejo macabro de não sentir nada. Por outro lado, a intensidade dos gritos vindos do quarto dos filhos lhe encorajava a agir. Dirigiu-se até a cabeceira da cama e com fogo nos olhos retirou, esbravejando, todos os comprimidos das cartelas. Juntou-os com as mãos em forma de concha, visivelmente trêmulas. Os passos lentos e o suor escorrendo pela testa orquestravam a trajetória do quarto ao banheiro.

Abandonar aquela forma de suportar a vida gerava tensão. Era preciso coragem para apostar no incerto. Tão logo chegou ao banheiro, hesitou. Chegou a pensar em retornar à cama, desistir de largar dos remédios e voltar a dormir, mas uma certeza tomou conta de seus pensamentos, levando-a a repetir para si mesma: — Você precisa ser forte.

Glória abriu a tampa do vaso com o joelho e despejou os comprimidos como se estivesse a vomitar um mal-estar que assolava suas entranhas. Após dar a descarga, fez questão de averiguar se eles realmente haviam ido embora. Dirigiu-se à pia e lavou o rosto. Repetiu o mesmo gesto por três vezes. Depois, levantou a cabeça e com os olhos no espelho do banheiro ficou contemplando o reflexo do rosto. Viu-se como alguém que há anos não se olhava; lembrou-se da pele rosada e com traços suaves da juventude, agora consumida pelos anos de morbidez. Rugas, desânimo e olheiras foram as respostas do espelho.

Apesar do arrependimento por ter dormido por tanto tempo, ela estava feliz. Tratou de escovar os cabelos e massagear o pescoço com o resto de um perfume qualquer, estufou o peito, respirou fundo e dirigiu-se ao quarto dos filhos. Com olhar triunfante, ela abriu a porta e surpreendeu os três urinando através da janela. A voz não deixava dúvidas:

— Chega. Já para cama. Ficaram loucos? O que vocês estão pensando? E o respeito?

Os meninos ficaram perplexos com a atitude da mãe.

Glória acordara.

Após o silêncio se instaurar no quarto, Albino e os irmãos dormiram embalados pela voz que acabara de despertar para fazê-los dormir. Estavam felizes: a mãe optou pela vida.

No dia seguinte, Glória estava movida por um estado de ânimo. Eram seis horas quando levantou da cama e foi à padaria comprar pão e leite para o café da manhã. Quando retornou, pôs-se a fritar alguns ovos. Disposta a surpreendê-los, retirou suas formas de fazer pão de casa de dentro de um baú, intacto desde a mudança, e começou a preparar a massa para levar ao fogo.

O relógio marcava sete horas e trinta minutos. Glória se dirigiu ao quarto dos filhos com o propósito de convidá-los a passar à mesa. Não foi preciso acordá-los. Estavam despertos, pois se o desânimo afetava a todos com seus tentáculos pegajosos, o desejo de viver passou a ser contagiante. Apesar de estarem acordados, após a mãe entrar no quarto, fizeram questão de fingirem estar dormindo. Não combinaram essa reação, apenas fecharam os olhos quando a porta se abriu. O pacto silencioso dos olhos fechados convocava a aproximação dela junto a cada um, como se quisessem ser despertados individualmente.

Glória foi em direção às suas camas, acordando-os separadamente. Primeiro o Caçula, depois Juca e, por último, Albino. Em cada filho ela fez questão de passar a mão no rosto, dizendo:

— Fiz um café gostoso.

Albino e os irmãos se levantaram e foram escovar os dentes. Antes, aliviaram-se, no vaso do banheiro.

MAGNÓLIAS 57

Ao sentarem à mesa estavam todos radiantes. Glória contemplava aquela imagem a distância, ao mesmo tempo em que lia o jornal em busca de emprego, segurando nas mãos duas canetas de cores vermelha e verde. Ao localizar alguma possibilidade de trabalho ela fazia uma moldura ao redor do anúncio. Assim, entre as páginas do jornal, abriam-se janelas coloridas. Devanear através daquelas aberturas, almejando algum futuro, levou-a a reconhecer que existe um tipo de coragem nessa vida que sentimos somente quando estamos diante do olhar dos filhos.

Durante trinta dias ela realizou maratonas em busca de emprego: enfrentou filas, fez entrevistas, entregou dezenas de currículos e pediu ajuda aos amigos mais próximos. As propostas de salário eram desanimadoras. Não havia escolha, era preciso colocar comida na mesa. A situação financeira se agravava a cada dia. O fato de ter um diploma de bacharela em direito a deixou determinada a encontrar trabalho num escritório de advocacia. Mas a falta de experiência na área diminuía as possibilidades de concorrência. Ainda que tivesse realizado estágios na época da faculdade, ela já estava formada há quase uma década. Os anos haviam passado, e o tempo fora cruel. Isso ficou evidente quando, por intermédio da indicação de uma amiga, Glória conseguiu agendar uma entrevista de seleção num escritório da cidade. Ela seria avaliada por um sujeito reconhecido por sua disciplina no trabalho. Jarbas era o responsável pelas admissões no local. Sua amiga tratou de preveni-la, afirmando que a fachada de seriedade encobria farta malandragem. A tal amiga sabia do que estava falando, conhecia-o de perto, pois durante dois anos vinham transando nos intervalos para o almoço. Ela acreditava que ele lhe devia favores. Estava enganada. A entrevista durou cinco minutos.

Jarbas cumprimentou Glória com indiferença. Logo foi avisando não dispor de tempo, pois ela seria apenas uma entre diversos candidatos a serem entrevistados. Fez questão de mencionar o fato de o horário ter sido disponibilizado em função da insistência da amiga. Sentaram-se frente a frente. Jarbas percorreu os olhos nas duas folhas do currículo de Glória. Fez perguntas dispersas deixando evidente a falta de interesse pela leitura. Não se deu o trabalho de olhar nos olhos da candidata. Tampouco lhe deu a oportunidade de falar sobre o mundo que ela havia movimentado para estar ali. Glória reconheceu estar diante de um burocrata. Daqueles que, ao se sensibilizar com o outro, limita-se a dizer:

— O sistema é assim. Não podemos perder tempo. É a lei do mercado. No trabalho, não temos espaços para romantismos.

Suas palavras eram frases prontas, clichês direcionados a qualquer interlocutor. Ele disse com dureza:

— Queres um conselho?

— Vai lá. — respondeu Glória.

— Você ficou tanto tempo em casa; por que não desiste dessa ideia de trabalhar?

— Puxa! Eu não esperava ouvir isso hoje! Foi difícil chegar até aqui.

Jarbas olhou no relógio e deixou evidente a ansiedade para dar um desfecho o mais rápido possível para tudo aquilo.

— Vamos ser sinceros, tu não tens experiência. As coisas mudaram. Não perca tempo.

— Tempo! O que entendes por tempo?

Ela não sairia dali sem resposta, por mais tola que fosse.

Jarbas retirou da cartola mais uma de suas frases de plantão:

— Ora, minha senhora: *Time is money*. Não posso mais perder tempo. Vamos terminar agora. Ok?

MAGNÓLIAS 57

— Também desejo acabar com isso o quanto antes. Mas gostaria ainda de lhe dizer algo. Tempo não se perde, tampouco se ganha. Tempo é vida porque sempre flerta com a morte. Lembre-se de uma coisa no tempo que ainda lhe resta: a morte está dada para todos nós; a vida tem que ser reconstruída a cada encontro com os outros. Não se preocupe com as minhas palavras, isso só importa para quem está disposto a se encontrar.

— Tenha um bom dia, minha senhora. — respondeu Jarbas.

— Antes, você vai ouvir mais uma coisa: tempo se tem quando há desejo. Sei do que estou falando, o desejo me resgatou dos escombros e inclusive me deu forças para enfrentar idiotas, burocratas medíocres como o senhor.

Glória saiu desconcertada da sala.

Defronte ao escritório havia uma cafeteria para onde os candidatos se dirigiam após as entrevistas. O ambiente exalava preocupação. Cigarro, café, tensão e currículo embaixo dos braços eram os pontos incomuns de todos que ali estavam.

O impacto da entrevista a deixou com sinais visíveis de pressão baixa. Ela já havia sentido aqueles sintomas quando andou na montanha-russa de um parque de diversões, na única vez que visitou São Paulo, por ocasião de um convite de seus padrinhos, ainda na adolescência.

Glória sentou-se à mesa. Cada centímetro de seu corpo transpirava. Abanava-se com o currículo que lhe dera muito trabalho de elaboração. Com as mãos trêmulas levantou o braço e pediu à garçonete uma pitada de sal para colocar sob a língua, acompanhada de um café. Movida pela experiência de anos em atender fregueses angustiados à procura de emprego, a mulher tratou de priorizar o pedido. Largou o café e o sal sobre a mesa, pegou na mão de Glória e disse:

— Não desista. Um dia vai dar.

Logo após o primeiro gole ela sentiu vontade de fumar. Olhou para os lados e viu um homem por volta de cinquenta anos, sentado ao lado, tomando o segundo café, com a carteira de cigarros jogada sobre a mesa e um cinzeiro abarrotado de baganas.

— *Psiu, psiu,* senhor! — Olá! Meu nome é Glória. Tu podes me dar um cigarro?

— Dar? Nunca alguém me pediu um cigarro dado, sempre emprestado.

— Quero dado. Mesmo porque não irei lhe pagar, não pretendo comprar uma carteira, tampouco fumar novamente. Preciso fumar agora, só agora.

— Sente-se. Seu nome poderá trazer sorte. Pegue quantos quiser.

O sujeito ficou em silêncio e esticou o braço, alcançando-a com o maço de cigarros.

— Tu estás pensando em fazer besteira?

— Não acredito nessa palavra.

— O quê?

— Não existe besteira — Glória respondeu trêmula. — Tudo nessa droga de vida é coisa séria.

— Deprimida? A propósito, meu nome é Marcelo.

— Deprimida o caralho. Tens noção do que significa ter três filhos dentro de casa que precisam de comida, materiais escolares, cuidados médicos, carinho, amparo, proteção, colo, socorro, beijos... Já dormiu com medo de acordar e se deparar com a realidade de não ter nada para colocar na mesa no dia seguinte? Por acaso já viste o olhar da fome? Se tivesses visto, não acreditarias em besteiras.

MAGNÓLIAS 57

— Conheço. — respondeu o estranho que, em poucos minutos, parecia-lhe familiar. — Tu esqueceste o mais importante, Glória.

— Sim, esqueci desse raio de entrevista com esse mauricinho de gel no cabelo. Ele me olhou dos pés à cabeça e depois me mandou cuidar da minha casa. Ora, estou aqui justamente por isso. De agora em diante sou uma mulher separada, sozinha, com três filhos para cuidar que só podem contar comigo.

— Estou falando do abraço, disse Marcelo.

— Abraço?

— Sim! O abraço é fonte de proteção para qualquer desamparo.

— Marcelo, por que estás aqui?

— Estou há seis meses e vinte e cinco dias procurando emprego. Tenho quarenta e seis anos e tem sido praticamente impossível conseguir emprego nesta idade. Certa vez li uma reportagem de revista especializada em recolocação de profissionais no mercado de trabalho, os dados são assustadores. Acima de quarenta e seis anos, desempregados, têm nove por cento de chance de recolocação. Quando recordei das cirandas de seleção — análise de anúncios, envio de currículo, entrevista individual, dinâmica de grupo, aplicação de teste psicológico —, fiquei me perguntando: o que acontecerá com os demais?

— De onde tu tiras coragem para continuar a batalha?

— Estava desistindo. Passei a noite sem dormir e disse para mim mesmo, caso não fosse aprovado nessa seleção, seria a última da minha vida.

— Pensou em fazer besteira?

— Depois de participar de vinte processos seletivos e em todos ouvir: Você não foi indicado; ou: Não estás de acordo com o perfil, a gente começa a pensar que a vida está nos descartando.

Isso é uma violência, sua autoestima fica corroída. O desempregado, após meses de angústia, começa a ter ideias perigosas. É como se ele não encontrasse lugar no desamparo da concorrência; seus valores são questionados no vale tudo pela busca de oportunidade. Às vezes alguns me incentivam a levantar o astral e seguir em frente, porque mais cedo ou mais tarde a hora chegará. Mesmo assim, sinto uma cobrança de olhares vindos de todos os cantos. São de todos os lugares mesmo. Desde os mais próximos, familiares, amigos, até os aparentemente distantes: o porteiro do prédio, o vendedor ambulante, o moço do jornal, o carteiro, o menino cuidado pela mãe na pracinha sempre na mesma hora, sem falar nos aposentados sentados nos bancos das praças. Com o tempo essas pessoas fazem parte de sua rotina. Tornam-se familiares a ponto de sentirmos a falta de alguém quando o ciclo da repetição cotidiana não segue seu fluxo. Na maioria das vezes sequer conversamos com elas, mas é como se todos soubessem sobre a sua situação. Eles torcem calados por nós, ao mesmo tempo ficam bravos quando supõem que estamos fazendo corpo mole. O desempregado vive um dilema, se envergonha tanto ao sair à rua quanto ao ficar na própria casa.

Marcelo calou-se, pediu mais um café à garçonete e acendeu outro cigarro. Após a tragada, falou:

— Certa vez fui ao médico. Ele disse que eu estava deprimido em função do desemprego. Que é comum isso deprimir as pessoas. Não concordo. Na verdade, penso o contrário: a depressão é uma forma de desemprego. O deprimido é um desempregado de alguma coisa nessa vida. É alguém que se vê descartado.

Apesar de chocada com as palavras de Marcelo, Glória começava a sentir uma estranha sensação de motivação.

— Tu conheceste a depressão, Glória?

MAGNÓLIAS 57

— Só quem a conheceu para dar valor à vida.

— Então sabes do que estou falando.

— Acho que agora pude entender a importância do abraço.

— Posso dizer que essa tua determinação em educar os filhos me deu esperança. Encontrar alguém que consiga pensar além do umbigo é coisa rara nos dias de hoje. Tu és uma mulher decente, Glória. Eis aí uma palavra que, se eu fosse filósofo, iria me dedicar a pensá-la.

— Por que, santo Deus?

— Ora, só se fala em falta de ética, em tudo que é lugar: na seleção de emprego, no boteco da esquina, na boca do técnico de futebol, na aula do professor da escola, no sermão de padres, nas propagandas políticas. Tudo que é canalha faz uso desta palavra sem o menor pudor. Palavra gasta. Perdeu-se o seu valor fundamental: o seu lugar de direito. Eis aí uma precária definição de um desempregado sentado num bar, jogando conversa fora. É assim que concebo essa tal de ética: o lugar que cabe de direito a cada um. Autorizado ou não, prefiro falar em decência em vez de ética. Faça a experiência. Por exemplo, se você disser a alguém que ele é antiético que efeito isso terá? Agora, se disser: — Fulano, você é um indecente! Escutou o peso da frase? Percebeu o impacto? Quem ouve, por mais canalha, ficará corado. Sabe por quê? Porque ao falar em decência está implícita a companhia de outra palavra: dignidade. Veja só! Descobri por que algumas pessoas conhecem a depressão. Ora, é preciso ter um mínimo de dignidade para se deprimir nesta vida, onde se sabe o preço de tudo e se esquece o valor das coisas. Quando me dizem "você não serve para o perfil", sinto-me como uma mercadoria que pode ser tão útil quanto descartada de acordo com as oscilações do mercado. Pensando bem, eles realmente não devem me dar emprego, pois não quero entender o mercado.

— Mas por quê?

— Mercado é uma palavra preciosa de minha infância. A cada trinta dias, íamos fazer o rancho do mês: meu pai, minha mãe e meus seis irmãos. Era a festa. Um acontecimento que se renovava a cada mês. Naquele dia, o jantar era incomparável a qualquer outro. Comia-se com prazer e falava-se bastante na hora da refeição. Meus pais, inclusive, permitiam alguns excessos por conta da euforia dos primeiros dias de fartura. Hoje em dia a palavra mercado é pau para toda obra, serve para falar de tudo e de nada ao mesmo tempo. O mercado é etéreo, está pulverizado em todos os cantos e em lugar algum. Dizem os entendidos: "somos o mercado", "o mercado dita as normas", "o mercado pode engolir você", "é preciso sentir o humor do mercado", "antes de colocar algo, pense o que o mercado demanda", "para enfrentar o mercado e crescer é preciso correr riscos", "o mercado não admite falta de foco e planejamento", "para ter sucesso no mercado é preciso definir o público para seu produto". Até mesmo alguns escritores se acham no direito de afirmar que um escritor inteligente deve estar em sintonia com seu tempo e saber o público para quem está escrevendo. Veja só! A que ponto se chega. Ora, o escritor escreve porque essa é sua única saída para recriar a vida. Claro que é também a forma de dizer algo para continuar calando o que não pode ser dito. Que se exploda o mercado!

Glória enxugou as lágrimas com o guardanapo sujo com respingos de café que estava sobre a mesa.

— Bonito o que você acabou de dizer. Lembrou-me a infância. Não me lembro quando foi a última vez que conversei por tanto tempo com um homem.

— [silêncio]

— Agora, escuta uma coisa, Marcelo: chega de nostalgia. Precisamos entrar nesse mercado. É assim que as coisas funcionam, a vida é uma luta permanente, não podemos desistir. Os mercados de nossa infância jamais serão os mesmos.

MAGNÓLIAS 57

— Qual é a tua sugestão?

— Vamos fazer algo. É preciso inventar.

— O quê?

— O que tu sabes fazer?

— Sou formada em Direito, mas não consigo emprego. Depois dessa conversa decidi que vou estudar com todas as minhas forças para fazer concurso público. Serei juíza, você verá! Até lá, preciso arrumar algum bico.

— Bem, sou arquiteto. Na verdade, gosto mesmo é de cozinhar.

— Vamos vender comida para as empresas e as pessoas que queiram comer de vianda.

— Como assim? Você nem sabe quem sou.

— E tu sabes quem és? Se nem mesmo tu sabes, por que devo me assustar? Além do mais, aqueles que até agora conheci de perto não me ajudaram muito. Desconfio das pessoas que dizem conhecerem-se a si mesmas.

— E dinheiro para começar?

— Começa-se com o que se tem.

— Onde faremos a comida? Quem faria?

— Na minha casa. Você foi eleito o cozinheiro chefe. Eu serei a sua auxiliar, responsável pela compra dos ingredientes, pelo atendimento dos clientes e pela limpeza da louça.

— Faço questão de eu mesmo comprar os ingredientes. Isso deve ser atribuição do cozinheiro, respondeu Marcelo. Mesmo porque os fornecedores têm papel fundamental no resultado final.

— Olha só como são as coisas! Seja bem-vindo ao mercado. O monstro começou a ficar engraçadinho? Então, você cuida das compras e da elaboração dos pratos.

— Não é o mercado. É a esperança.

— Seja o que for.

— Posso te ligar para combinarmos?

— Quando eu era chique, tinha telefone. Moro nas Magnólias 57. Opa, quero dizer, morei lá por muitos anos, agora moro no centro. Na Floriano Peixoto, esquina Venâncio Aires, Edifício Pisani, apartamento 503. Apareça lá no sábado à tarde. O convite está feito, mas, lembre-se, é uma casa de respeito, tenho três filhos. Podemos conversar até às oito da noite.

— Combinado. Estarei lá às cinco, para o chimarrão.

Glória apertou a mão de Marcelo olhando em seus olhos. Sentiram-se amparados um no olhar do outro. Aquele pedido despretensioso de um cigarro prometia render frutos. Ele a puxou e a abraçou. Ela foi embora acenando à distância para o futuro sócio. Marcelo contemplava a imagem de Glória se dissipar no meio daquelas pessoas apressadas. Em pé, ele ficou parado com a mão esquerda no bolso da calça e a direita despedindo-se da mulher que lhe encheu de esperança.

Ao entrar em casa, Glória percebeu mudanças. Os quartos, a cozinha e o banheiro estavam limpos. As roupas, guardadas em seus devidos lugares. Os três filhos escutavam o seu vinil preferido. Para Glória, Chico era incomparável; os meninos cantavam ao vê-la: — *Vai passar nessa avenida um samba popular, cada paralelepípedo da velha cidade essa noite vai se arrepiar...*

Abraçaram-se até o fim da música.

— [silêncio]

Albino abaixou o volume do som e perguntou à sua mãe:

— Como foi a entrevista? Deu certo?

— Vocês são jovens demais para se preocuparem com a vida. Hoje conheci uma pessoa. Decidimos fazer comida para fora e abrir um restaurante.

MAGNÓLIAS 57

— Decidimos? — respondeu com indignação Albino — Onde vamos fazer comida? Esqueceu? Não vivemos mais em casa, moramos num apartamento.

— E daí? Precisamos de dinheiro.

— Sim, mãe. Mas eles não vão deixar vender comida num prédio. — respondeu Juca.

— Por quê? Escutamos rádios de vizinhos a todo volume, os estudantes fazem festinhas com bebidas e sabe-se lá o que mais. Até urinar pela janela urinam. Que mal terá em fazer comida? Além do mais, estou começando a gostar desse prédio, pois fique sabendo, foi aqui no Pisani que acordei para a vida e passei a ter esperança. Não compliquem as coisas, vamos começar vendendo para os moradores, são sete andares e em cada um tem em média três apartamentos. Façam as contas, pode ser uma oportunidade.

— Vamos fazer panfletos para divulgar. Disse Albino com empolgação.

— Eu entrego nos apartamentos. — Caçula fez questão de mencionar.

Durante dois dias ficaram elaborando o anúncio e fazendo cópias para divulgar os panfletos. Estavam dispostos a começar na próxima segunda, logo após a conversa com Marcelo no sábado.

Pontualmente, às cinco horas, Marcelo anunciou a sua chegada pelo interfone. Foi recepcionado pelos três filhos de Glória que se encontravam plantados junto à porta. Faziam questão de recebê-lo, talvez pelo fato de a mãe dedicar-se a um banho mais cuidadoso, de modo que ainda não estava pronta para recepcioná-lo. Quando chegou ao quinto andar em frente à porta de número 503, prestes a tocar a campainha, ele resolveu bater na porta. Apesar da mão cerrada, os toques foram suaves.

Do outro lado, os três irmãos estavam de braços cruzados. Aos cochichos, resolveram deixá-lo esperando para testar sua persistência. Caçula chegou a propor aos demais para não abrirem a porta e inventarem uma história de que ele não teria vindo. Albino e Juca estavam dispostos a acolher a sugestão do mais novo.

— É isso aí — mencionou Juca. — Esse cara que vá procurar a turma dele. Por que ele não tocou a campainha? Não pode fazer barulho?

— Que diferença faz se ele bate na porta ou toca a campainha, Juca?

— Ora, Albino, se tem campainha é para tocar.

— Ele pode ser cego.

— Cego? Ele apertou o interfone.

— Alguém pode ter ajudado.

— Pobrezinho — disse Caçula. — Vou abrir esta porta. Caçula saltou junto ao trinco e abriu a passagem. De braços cruzados, os dois outros meninos o olharam dos pés à cabeça. Marcelo abriu um sorriso.

— Tu és cego? — perguntou Caçula.

— Vejo três crianças na minha frente — respondeu o visitante.

— Então, deve ser cego mesmo — retrucou Juca. — Aqui tem um pirralho e dois adolescentes. Percebe a diferença?

— Talvez eu esteja precisando de óculos. Sabe como é essa coisa da idade. Agora, pelo tom de voz, posso perceber que são dois adolescentes. Verdadeiros rapagões. A mãe de vocês deve estar bem protegida nesse prédio, com uma criança e dois adolescentes. Muito prazer, meu nome é Marcelo.

Eles descruzaram os braços e o convidaram para entrar. Albino tratou de fazer as apresentações.

MAGNÓLIAS 57

— Por que você não tocou a campainha? — indagou Caçula.

— Eu estava quase tocando e de repente senti vontade de bater na porta.

— Isso é esquisito — interveio Juca. — Tu gostas de bater?

— Não. Bati na porta para ganhar coragem. Vir à casa de uma senhora com três filhos fortes não é algo fácil de fazer.

— Nós vamos ser teu sócio. Já entregamos a maioria dos panfletos para divulgação aqui no prédio. Decidimos primeiro atingir a vizinhança. Pode aparecer na segunda cedinho da manhã para fazer a comida. Não se esqueça de uma coisa: para dar certo esse negócio tem que fazer batata frita todos os dias da semana. Todos.

— Valeu a dica. Pelo visto já está tudo planejado. Vocês estão me empregando?

— Empregando? O que é isso? — questionou o Caçula.

— Ora, vocês estão me contratando, falando das minhas atribuições e obrigações. Não falaram ainda do meu salário. Quanto de dinheiro vão me pagar?

— Pagar? Como assim? — resmungou Albino. Nós não temos dinheiro. Somos somente os filhos da Glória,

— Ah, bom. Então vamos deixar essas coisas para os adultos. Onde está a mãe de vocês?

— Deve estar no quarto colocando perfume. Geralmente ela não toma banho. Usa bastante perfume para disfarçar — respondeu Juca, com sorriso no rosto.

Glória entrou na sala e abraçou Marcelo como se o conhecesse há anos. Os meninos, ao constatarem a felicidade da mãe, abriram mão da desconfiança do estranho, que além de repentino amigo tornava-se sócio. A docilidade de Marcelo, somada às lembranças dos dias em que a mãe ficava entrevada na cama, levou-os a acolhê-lo sem resistência.

Na segunda-feira, às seis horas e trinta minutos, Marcelo acordou a família. Preparou café com torradas, escolheu o feijão, cortou a carne, descascou as batatas e lavou verduras. Embora tivessem apenas três famílias para servir no primeiro dia, Albino e os irmãos estavam eufóricos com a possibilidade de se empanturrarem de batatas fritas. Todos se afeiçoaram a ele rapidamente, e os cuidados com os filhos de Glória logo se tornaram paternais.

O negócio prosperou. Após cinco meses atendiam trinta clientes. Apesar da crescente demanda, pareciam conviver em harmonia: comprar, descascar, cozinhar, lavar, guardar, entregar; eis a jornada do labor, que aos poucos começava a se tornar exaustiva.

Marcelo trabalhava até às oito horas da noite, algumas vezes chegava até às dez. Procurava deixar tudo lavado, cortado e limpo para recomeçar no dia seguinte. Com pequenos gestos poupava Glória do trabalho pesado, deixando-a livre para não descuidar da educação dos filhos. Certa ocasião, com o propósito de antecipar o serviço, resolveu deixar o feijão pronto na noite anterior. Exausto, cochilou junto à mesa enquanto Glória colocava os filhos na cama.

O feijão queimou.

Ela sentiu o cheiro de feijão queimado entrar no quarto dos filhos, recém-adormecidos. Correu até a cozinha e, antes mesmo de desligar a chama do fogão, ficou tocada ao vê-lo dormindo sobre a mesa. Viu-se paralisada diante da corrida frenética dos últimos meses. A mão esquerda segurava a boca, parecendo conter as lágrimas. Com as pernas trêmulas se aproximou dele e acariciou seus cabelos. Assustado, talvez pelo cheiro de feijão queimado, ou pelas mãos que massageavam seu sono, Marcelo acordou e disse: — Estamos fritos. — Glória aproximou-se mais ainda e beijou-o como nunca havia beijado alguém na vida. Ele falou que precisava ir embora. Sem hesitar, ela respondeu:

MAGNÓLIAS 57

— A partir de hoje, vais dormir comigo.

Ao se mudar para o Pisani, Marcelo assumiu a cozinha. Dizia a Glória para preocupar-se com os estudos dos filhos e aproveitar o tempo para estudar. Ela sentiu a segurança necessária para se jogar nos estudos com a esperança de realizar o sonho de prestar concurso para ser juíza. Tardes e noites durante meses tomariam suas forças.

Albino observava tudo com alegria. Os irmãos brincavam, a mãe transpirava empolgação com os estudos, a paixão e os negócios prosperavam lado a lado. O lar estava farto de comida e esperança.

Mesmo assim, algo insistia em deixá-lo inquieto.

Numa sexta-feira à noite ele levantou-se da cama por volta das vinte e três horas e começou a perambular pela casa. Precisava se certificar de que todos estariam dormindo. Aproximou-se do Caçula e beijou-lhe a testa quando ele ainda resmungava alguns resíduos de sonho. Depois, pegou as cobertas e cobriu Juca. Logo após, dirigiu-se ao corredor próximo à cozinha e ali escutou o ronco de Marcelo orquestrar a paz que lhes permitia adormecer.

Ao pisar o chão daquele corredor escuro, Albino sentiu no corpo o peso dos passos capaz de mudar o rumo de sua vida. O local de ligação entre os cômodos da casa tornava-se infinito a cada movimento. Ao chegar à cozinha, antes mesmo de abrir a porta de saída do apartamento, pegou um caneco de alumínio, abriu a panela de pressão que ainda conservava o calor do feijão recém-cozido e o encheu até a boca. Limitou-se a sorver o caldo, recusou os grãos. Tomou aquele líquido com os olhos fechados, como se estivesse bebendo algum elixir da força que o encorajasse a seguir seu destino. Fechou a panela, colocou a caneca na pia e saiu a perambular pelo centro da cidade.

81

VENTO NORTE

Albino desceu os cinco andares do Edifício Pisani e se defrontou com duas portas enormes. Ambas tinham uma base de ferro de um metro de altura, o restante era composto de mais dois metros de vidro grosso e fosco. Do lado de dentro era possível enxergar apenas os vultos dos transeuntes se dissiparem pela rua.

Entre os lances de escada percorridos até chegar às portas, havia mais três degraus a serem vencidos. Albino se sentou ali mesmo, como se estivesse recuperando fôlego para seguir adiante. Chegou a pensar em retornar à cama para dormir. Tão logo a ideia lhe invadiu o pensamento, levantou-se e pôs-se a caminhar com os olhos fixos na maçaneta.

Albino puxou a porta, jogou-a para trás e deu um passo à frente. Às vinte e três horas e trinta minutos de uma sexta-feira de Vento Norte, ele se encontrava sozinho na Rua Floriano Peixoto.

De costas para o edifício, via uma rua que lhe permitia descer, caso decidisse ir à esquerda, ou descer novamente, caso optasse pela direita. Antes de resolver o impasse, virou-se de frente para as portas e constatou que do lado de fora ambas tinham palavras inscritas, moldadas em letras de ferro. Na porta da esquerda constava a inscrição da palavra "Edifício"; na outra, "Pisani". Aproximando-se, deixou sua mão direita deslizar sobre as letras P, a, i, como se estivesse inscrevendo algo no corpo ao percorrer cada forma ali desenhada, uma espécie de ritual de despedida. O rumo estava decidido: optou pela esquerda. Estufou o peito, colocou as mãos nos bolsos da calça, fechou os botões da jaqueta e seguiu com a coluna ereta e o olhar de falcão recém-saído do ninho em busca do primeiro voo.

MAGNÓLIAS 57

Após percorrer uma quadra, parou. Encontrava-se no epicentro da intersecção entre as ruas Floriano Peixoto e Dr. Bozano. Dali enxergava o calçadão, ao qual ele e os irmãos vinham das Magnólias para passear aos sábados pela manhã com os pais; a Ótica Gaiger, onde seu pai o levou para encomendar os primeiros óculos que nunca foram feitos, e a loja Elegância Feminina, lugar cujas vitrines a mãe não se cansava de contemplar. Ele adorava o cruzamento daquelas ruas, sobretudo em dias de Vento Norte.

Albino se transformava com o típico Vento Norte da cidade de Santa Maria. A sensação de liberdade o invadia ao sentir aquele vento lhe soprar o rosto. Isso o levava a pensar que algum dia faria algo decisivo na vida, tomado pela loucura desencadeada por três dias ventosos. Vento Norte, quando uiva, deixa tudo em desequilíbrio: produz gasturas, sacode janelas, derruba árvores, desmancha penteados, danifica telhados, transpira paredes, irrita olhos e causa insônias. Por outro lado, aquece os sonhos e atiça fantasias, inclusive os mais inibidos permitem ao vento sensual empurrá-los ao encontro de desejos reprimidos.

Quando Vento Norte sopra, as pessoas ficam num estado temporário de vertigem e são capazes de fazerem coisas inimagináveis, até mesmo nos sonhos mais absurdos. Alguns o amam, outros o odeiam. Mas uma coisa é certa, ninguém lhe é indiferente. Rotinas, humores e hormônios sofrem alterações. As crendices populares há muito tempo suspeitam de seus abalos psicológicos. Há quem afirme que os índices de suicídio aumentam nessas temporadas. As relações conjugais também são apimentadas pelo calor carnal que o assobio do vento traz consigo. Em dias de Vento Norte quem quer fugir de casa, com ou sem rumo, foge; quem deseja dar voz a antigas tentações encontra a liberdade necessária para agir. Até mesmo os animais sofrem mutações. Cachorro louco corre frouxo em dia de Vento Norte.

Albino ficara desnorteado com os dias de incerteza pairando no ar. Intuição e coragem coexistiram lado a lado a ponto de o corpo deixar-se embriagar pelo desejo de voar. Impulsionado pelos efeitos do vento, ele conseguiu sair do ponto de intersecção entre as ruas Floriano Peixoto e Doutor Bozano. Optou por descer a Floriano em direção ao colégio Marista Santa Maria. Os passos rápidos e as mãos escondidas nos bolsos acompanhavam o ritmo disparado do coração.

Ao se deparar com cada andarilho, olhava-o detalhadamente, tomando a precaução de manter distância. Naquele momento, não havia pensamento algum, apenas cantarolava o refrão da música dos Titãs:

"Mas Deus quis vê-lo no chão
Com as mãos levantadas pro céu
Implorando perdão
Chorei, meu pai disse boa sorte
Com a mão no meu ombro
Em seu leito de morte
disse Marvin, agora é só você
E não vai adiantar
Chorar vai me fazer sofrer...".

Tão logo chegou à frente do colégio, Albino ouviu uma cantoria. Letra e música despertaram-lhe sentimento de valentia. Parado diante da escola, ele tentava identificar donde viriam aquelas palavras:

"E meu mano, o que foi que tu viu lá?
Eu vi Capoeira matando, também vi Maculelê... Capoeira...

MAGNÓLIAS 57

É jogo praticado na terra de São Salvador,

Capoeira..."

Confuso com a pouca luminosidade noturna, Albino olhou para todos os lados. Alguém gritou:

— Maluco! O que faz aí parado? Não tem medo de morrer? Aqui em cima! Olha pra cá, rapaz!

Ele enxergou três guris agitados em cima do muro que fazia a divisa entre o Colégio Santa Maria e o Edifício Champagnat. Transitavam de um lado ao outro, como cães de guarda, demarcando um território inviolável. Além de se equilibrarem na borda do muro, manuseavam alguns objetos: um berimbau, dois pandeiros e duas garrafas de cachaça.

Os três adolescentes jogavam capoeira, tocavam os instrumentos e tomavam cachaça com Coca-Cola. Albino ficou olhando para eles espantado. Ao perceber a disposição para arrumarem confusão, ele pensou em se afastar daquele lugar.

— Qual seu nome, moleque? Perguntou Marreco, o menino forte que segurava o berimbau, como se portasse uma espada.

— Albino.

— Isso é nome de gente? — ironizou o cabeludo do trio.

— E esse cabelinho encaracolado sobre os ombros? — respondeu Albino.

— Guri, tu é louco? Não tem medo de morrer? Sabe com quem está falando? Sou o Montanha.

— Não ligo para quem vocês são.

— Que audácia! Esse moleque passa na nossa rua e ainda nos desafia. Vai tomar uma surra.

— Ele é muito franzino — interveio outro com tom conciliador.

— Lá vem tu, Índio, com pena dos mais fracos — resmungou o cabeludo.

— Mas, Montanha, qualquer um vê que ele não aguenta dois minutos numa roda de capoeira e logo vai beijar o chão.

— Espera aí. Não tenho medo desse cabeludo. E tu pensa que é índio? Acho que os doidos aqui são vocês.

— Esse é o meu nome de batismo de Capoeira. Mas fique sabendo: sou descendente de índio. Cruza de índio paraguaio com bugre são-borjense. Meu tataravô era índio de origem paraguaia e se casou com minha tataravó, natural de São Borja.

— Resultado de cruza é animal. Vocês são birutas. E esse grandalhão aí, com esse troço na mão, quem ele pensa que é? São Jorge?

— Olha só, seu fedelho — respondeu Marreco. — Vai rolar um esquenta banha. Sabe o que é isso? É *paulera* total. É luta!

— Com esse nome! Só se for luta de gordos. Não tenho banhas para esquentar.

— Ignorante! — esbravejou Montanha — Esse é o nome do jogo de capoeira quando a luta é de verdade, seu otário. Sabe quem somos? Netos de Oxóssi.

Albino olhou atentamente e constatou todos vestindo camisetas brancas com um emblema verde e a frase escrita: "Grupo de Capoeira Netos de Oxóssi". De repente, a união dos três, as camisetas, o sentimento de pertença a um grupo e o espírito de briga o agradou, a ponto de aquilo tudo fazer algum sentido.

Antes de descerem do muro para lhe dar a surra anunciada, ele mesmo subiu e parou na frente dos três dizendo-lhes:

— Quero ser Neto de Oxóssi.

— Tu tens mais audácia que juízo — falou Marreco, com aparente desdém e um sorrisinho acolhedor. Mais que surpreso, ficou contente com o ato de valentia daquele estranho.

— Tu queres ser capoeira? Então, vai jogar — acrescentou Montanha.

MAGNÓLIAS 57

Marreco estufou o peito e fez o berimbau soar. A música parecia um lamento. Índio postou-se ao seu lado, fechou os olhos e, antes de começar a cantarolar, disse: Salve o mestre Bimba!

"Chora capoeira, capoeira chora, chora capoeira,
Mestre Bimba foi se embora
chora capoeira, capoeira chora
chora capoeira, Mestre Bimba foi se embora.
Ôh, Mestre Bimba foi se embora
por favor tire o chapéu
mas não vá chorar agora
Mestre Bimba foi pro céu
Chora capoeira, capoeira chora
chora capoeira, Mestre Bimba foi se embora
Ôh, Mestre Bimba foi se embora
mas deixou jogo bonito
deve estar jogando agora
numa roda no infinito
Chora capoeira, capoeira chora
chora capoeira, Mestre Bimba foi se embora
Ôh, Mestre Bimba foi se embora
olha não teve choro e nem mistério
berimbau tocou sereno
na porta do cemitério
Ôh, Chora
Chora capoeira, capoeira chora
chora capoeira, Mestre Bimba foi se embora...

Albino reparava no detalhe de cada movimento. Ciente do sentimento de apreensão do menino, Montanha se agachou em frente de Marreco e Índio. Tocou a ponta inferior do berimbau com a mão direita e fez o sinal da cruz, enquanto a esquerda fazia um movimento semicircular, representando o convite para que ele repetisse os mesmos gestos, pedindo, assim, proteção para entrar na roda.

Ainda agachado, Montanha cantou a música em coro com seus amigos. Tão logo parou de cantar, beijou a corrente que carregava no pescoço com um crucifixo pendurado. Iniciou a roda fazendo acrobacias. Logo após, retornou ao pé do instrumento responsável por situar o ritmo das pulsações daquele minuto interminável. Depois, apertou a mão de seu adversário, como num ato ritualístico em sinal de respeito, e o convidou a fazer o jogo solitário.

Tudo aquilo era ensaio para o passo seguinte: o Esquenta Banha. Albino esboçou a tentativa de plantar uma bananeira, resultando numa estrondosa queda. Furioso pelas gargalhadas produzidas diante da cena patética, levantou-se com o rosto ruborizado e cerrou os punhos numa determinação em apressar o combate.

Cara a cara com Montanha e a um passo de iniciar a luta, Albino percebeu o quanto o ritmo e o tom da música sofreram aceleração. Com o coração saltitante e o corpo fervendo de raiva, precipitou-se, antes de darem início ao jogo. Sem nem mesmo saber se o golpe desferido contra Montanha tinha algum nome específico, ele atingiu o adversário de forma traiçoeira com uma ponteira nos bagos, seguida de tapão de campanha nas ventas. Pego de surpresa, Montanha ajoelhou-se em gemidos. Essa fora sua primeira reação em virtude da alucinante dor nas bolas causada pelo intruso.

MAGNÓLIAS 57

Antes de Albino se gabar de vitória, Montanha desferiu uma meia lua de compasso. A potência do movimento, ao encontrar as costas daquele menino, o fez tirar os dois pés do chão, jogando-o desmaiado a dois metros de distância com um corte na cabeça. Montanha abraçou Albino e logo foi tomado pelo choro de intensidade maior que o golpe desferido. Marreco e Índio se juntaram a ele e tentaram reanimá-lo. Foram surpreendidos pela vizinha do terceiro andar, do primeiro bloco do Edifício Champagnat:

— Seus arruaceiros, delinquentes, sumam daqui! Vou chamar a polícia.

Assustados pela ameaça da mulher, eles desceram do muro carregando Albino nos braços. Ainda zonzo e no colo de Montanha, ele encontrou forças para lhe desferir uma bofetada na cara. Indignado pela audácia, Montanha o largou com firme propósito de deixá-lo cair.

— Porra, guri! Recém desmaiou e quer brigar de novo? Relaxa um pouco, toma uns goles dessa cachaça porque logo esse corte aí vai começar a doer.

Índio, preocupado com o bem-estar de todos, alertou:

— Vamos embora daqui. Ela vai chamar a polícia.

— Antes vamos ao pronto-socorro. O guri vai precisar levar uns pontos nesse corte. — respondeu Marreco.

— Agora vamos ver se ele é valentão — resmungou, Montanha. — Entre outras qualidades, ele conseguia ser provocador, mantendo certa dimensão de ternura.

— Nunca tomei pontos e não vou tomar. Nem sei por que parei aqui com vocês. Vou seguir meu rumo.

— Qual é o teu rumo? Para onde vai, Albino? — perguntou Índio, demonstrando mais preocupação que curiosidade.

— Sei lá. Saí escondido de casa só para conhecer a cidade à noite.

— Montanha referiu: temos uma debutante entre nós. É a primeira vez que ele sai à noite!

— Debutante o caralho — esbravejou Albino.

— Parem com essa *chinelagem*! — falou Marreco.

Decidiram encher a cara.

Embriagados, pararam na frente da Catedral na Avenida Rio Branco. Sentados nas escadas da igreja, Índio avistou no outro lado da avenida a placa: "Pronto-Socorro de Fraturas", e logo se lembrou do corte na cabeça de Albino. Quando se dirigiu a ele para avaliar o estrago, constatou os cabelos encharcados de sangue. O senso de responsabilidade levou-o a insistir para tomarem os devidos cuidados com o ferimento. Resignado, Montanha gritou:

— Vamos, Marreco! Levante! Índio tem razão.

Marreco pegou Albino pelo braço:

— É melhor irmos sem reclamar.

— Mas aquilo é para fraturas. Eu não estou quebrado.

— Logo ficará se não calar essa boca. Tu achas que será o primeiro a tomar pontos na cabeça? Em que mundo tu vives?

Era quase uma hora da madrugada quando entraram no Pronto-Socorro de Fraturas. Logo foram atendidos por uma plantonista, surpresa ao ver quatro garotos bêbados naquela hora. Chegou a pensar numa tentativa de assalto, mas ao ver as marcas de sangue na camiseta de Albino, apressou-se para levá-lo até o médico de plantão.

— Temos quatro meninos bêbados, doutor. Este está com um corte na cabeça que levará pelo menos uns oito pontos.

— O médico, despertado de um cochilo, tinha diante dos olhos quatro meninos atordoados.

— Vai costurar, doutor? — indagou Marreco.

— Cadê os pais de vocês? Por que estão na rua numa hora dessas? Envolveram-se em briga? Quero falar com os responsáveis.

— Estamos sozinhos — respondeu Albino.

— Olha, você precisa tomar pontos, mas só vou fazer isso se o teu pai vier aqui. Do contrário, não farei.

— Como assim, doutor? O nosso amigo está sangrando e precisa de ajuda. O senhor não pode fazer isso! — ponderou Índio.

— Não adianta, ou o pai vem ou nada feito. Conheço essa história, faço o curativo agora, depois surgem outros e outros mais novos ainda. Isso só acaba se responsabilizarmos os pais.

Marreco pegou o doutorzinho pelo braço e falou:

— Ou tu costuras a cabeça dele ou nós vamos lhe dar uma sova de pau. Entendeu? Ou costura ou apanha.

A enfermeira, ao perceber a temperatura do ambiente subir, procurou interceder em favor dos meninos:

— Doutor, quem sabe começamos a fazer os curativos enquanto alguém vai chamar os pais?

— É só ligar para a casa do pai dele, eu mesmo posso fazer isso — respondeu o médico.

— Somos pobres. Não temos telefone.

— Não importa. Só iniciarei os procedimentos se alguém for chamar os pais.

— Fechado. Vou chamar — respondeu Montanha.

— Vá logo!

— Comece primeiro o curativo! — falou Marreco com as palavras saindo entrecortadas entre os dentes cerrados com tanta força quanto a gravata que acabara de dar no médico que, em frações de segundos, se encontrava imobilizado no chão.

A enfermeira pegou Albino pelo braço, sentou-o numa cadeira e despejou no ferimento um líquido parecido com água. Ao observar sua atitude, Marreco soltou o doutor. Ainda se recompondo da falta de ar, o médico levantou, abriu uma gaveta e retirou uma seringa para dar início à anestesia. Ao entender o andamento das coisas, Montanha saiu porta afora, demonstrando estar disposto a cumprir o acordo.

O clima tenso foi cedendo espaço para o encaminhamento dos procedimentos. Até mesmo o som do rádio, sintonizado numa dessas estações de música clássica, incomodava. Qualquer espécie de som tornou-se ruído. A enfermeira tratou de desligá-lo, fazendo questão de arrancá-lo da tomada. Esse gesto era a expressão da queda de energia que subitamente passou a afligir a todos.

Albino encontrava-se sentado numa cadeira. De cabeça baixa, recebia os pontos em silêncio. Por outro lado, a situação do doutor era lastimável. Apesar de escabelado, com a gola do jaleco rasgada e um corte no lábio inferior, as lágrimas nos olhos denunciavam a dor da violência à qual fora submetido. Calado, apenas fazia o seu trabalho.

Marreco e Índio observavam o médico trabalhar. Encostaram-se à parede e deixaram o corpo deslizar até o chão. Ambos ficaram agachados com os braços sobre os joelhos, segurando a cabeça. Pareciam entender que qualquer ato de violência sempre produz um diálogo rompido.

Talvez por saber disso, o médico, ao terminar o último ponto na cabeça de Albino, olhou Marreco nos olhos e jogou no lixo a gaze suja de sangue, mantendo-se calado ao lavar as mãos. O silêncio foi rompido somente depois do suspiro do doutor. Logo após ele encheu os pulmões de ar como se estivesse em busca de coragem para perguntar:

— Aceitam um café?

MAGNÓLIAS 57

Começava a chover em Santa Maria.

— Depois de três dias de Vento Norte sempre vem a chuva, graças a Deus — diz o médico.

Naquele momento, todos olharam para a porta de entrada do Pronto-Socorro de Fraturas, Montanha havia retornado. A cena era chocante. Não só porque ele tremia de frio e estava ensopado da água da chuva, com as mãos espremidas sob as axilas, tentando se aquecer, mas pelo esforço necessário para pronunciar algumas palavras:

— Não achei os nossos pais...

— Entre. Vamos, rápido. Saia desse frio — respondeu a enfermeira, preocupada com a saúde dele.

— Procurou os pais do Albino? — perguntou Índio.

— Não sei onde ele mora. Acabei de conhecer o cara. Como poderia ir atrás de seus pais? Também não fui à minha casa e nem à de vocês. Apenas saí pela rua tentando encontrar os nossos pais.

— Na rua? Como iria encontrá-los na rua em plena madrugada?

— Uma vez alguém me disse: — Pai é aquele que procuramos quando precisamos. Então, saí procurando.

Disposta a secar o menino, a enfermeira saiu à procura de tolhas. Movido pela atitude da colega, o doutor pegou a mochila, que costumava trazer para os plantões com seu material de higiene e as roupas para o dia seguinte, e dela retirou: calça, camisa, meias e jaqueta. Esperou Montanha ficar seco e entregou em suas mãos aquele bolo de roupas, dizendo-lhe:

— Você precisará mais delas que eu.

Montanha se limitou a dizer muito obrigado.

As coisas começavam a se restabelecer no Pronto-Socorro de Fraturas. Montanha estava com roupas secas e um caneco de

93

café nas mãos. Albino recebeu os pontos e foi medicado. Marreco e Índio, ainda de cabeças baixas, davam sinais de gratidão. O doutor, ao perceber a mudança de comportamento, sentou-se na sua cadeira, colocou a mão no queixo e ficou observando aquele cenário como se estivesse no lugar de espectador. A enfermeira ligou o rádio outra vez. Por um instante eles se deixaram embalar pela música.

Albino foi o primeiro a dar os passos em direção à despedida. Primeiro, foi em direção aos novos amigos, Marreco e Índio. Esticou os braços, dando-lhes a cada um as suas mãos. Ele percebeu o quanto eles teriam dificuldades de se levantarem sozinhos. Ambos seguraram firme em suas mãos e ao ficarem em pé novamente, abraçaram-se. Olharam para Montanha e disseram:

— Vamos nessa.

Ali, num Pronto-Socorro de Fraturas, eles acabavam de selar uma amizade que jamais seria desfeita.

A enfermeira e o médico estavam próximos. Ela em pé, ele ainda sentado. Ambos observavam os movimentos da vida. Com a sensação de estarem sendo observados, os meninos se dirigiram até eles. Albino, com cs amigos postados ao seu lado, parou na frente dos dois, pediu desculpas e agradeceu o cuidado. Com semblante sério, o doutor respondeu:

— Somos profissionais, isso faz parte de nossas obrigações.

Seguindo o exemplo de Albino, cada um deles repetiu as mesmas palavras de gratidão. Ao darem as costas para irem embora, a enfermeira levantou o dedo indicador direito quase na altura de seus lábios e disse:

— Quero lhes falar algo sobre a noção de respeito.

— Eu sei — respondeu Índio. — A senhora vai dizer: quando se perde o respeito tudo é possível.

MAGNÓLIAS 57

— Não, meu querido — falou com tom maternal a enfermeira. — Quero lhes dizer: ao se perder o respeito, ao contrário, nada mais é possível.

— O senhor também tem alguma coisa para falar, doutor? disse Albino.

— Não, mas gostaria de lhes dar um presente e ficaria feliz se vocês o mostrassem aos seus pais.

Os meninos observavam o doutor abrir o compêndio de medicina localizado sobre a mesa, retirando ali de dentro uma fotografia em tamanho postal. Nela, via-se a imagem do homem negro discursando com veemência para uma multidão de pessoas que o aplaudiam. A pessoa, o lugar, a multidão, o contexto e até mesmo os motivos daquele presente eram incompreensíveis. Eles olharam a imagem passar de mão em mão. Ao retornar às mãos de Albino, ele constatou o texto inscrito no verso da fotografia: "Martin Luther King, pacifista, pensador e um dos grandes líderes do século XX, conhecido também como representante do movimento não violência, certa feita disse: Não é a violência de poucos que me assusta, mas o silêncio de muitos".

Tão logo acabaram de ler, como se acabassem de ser resgatados do desamparo, pronunciaram:

— Obrigado, doutor.

O médico apertou a mão deles e disse para Albino:

— Volte em dez dias para retirar os pontos.

Quando saíram do Pronto-Socorro, puseram-se a caminhar com as mãos nos bolsos e as cabeças baixas. Atravessaram o calçadão sem dizer nada. Não havia mais ninguém na rua naquele horário. Em poucos minutos, Albino estava pela segunda vez entre as ruas Floriano Peixoto e Doutor Bozano. Agora, além dos pontos na cabeça, ele ainda sentia os efeitos da bebida. Como se não bastasse, começava a se preocupar como seria a recepção no retorno para casa. De qualquer forma, aquela noite foi especial, havia conquistado três amigos.

Ali, no encontro daquelas ruas, eles apertaram as mãos. Albino foi para a direita na Floriano em direção ao Pisani; Marreco, Montanha e Índio seguiram para a esquerda na mesma rua, porém em direção ao Champagnat. Antes de se separarem, Montanha falou com entusiasmo:

— De agora em diante somos amigos.

— É bom saber, respondeu Albino.

— Então, nos vemos amanhã — disse Marreco.

— Amanhã? — perguntou Albino.

— Claro! Amigos capoeiras, Netos de Oxóssi, se encontram todos os dias — falou Índio.

— Tá bom. Até amanhã.

— Para ser Neto de Oxóssi tu precisas fazer o batizado de capoeira. E para isso terá que treinar. Apareça na academia às seis e meia da noite. Ela fica perto do prédio em que nos conhecemos.

Ao se dirigir em direção à sua casa, Albino se lembrou da forma que eles descreveram o perfil do outro. Marreco era reconhecido por sua coragem. Destacava-se também pela inteligência nas tomadas de decisão. Gostava de desafios. Dono de posicionamentos firmes, todo mundo podia contar com ele em qualquer situação. Vindo de um modelo familiar tradicional, seu respeito ao pai e a devoção à sua mãe se faziam evidentes a cada gesto. Admirados por todos seus amigos, seus pais batalhavam duro para educar ele e sua penca de irmãos. Além da incansável dedicação aos filhos, ainda conseguiam fazer sobrar algum dinheiro para comer churrasco todo domingo e viajar com a família nas férias.

O jogo de capoeira de Marreco se destacava pela potência de seus golpes. Acrobacia e flexibilidade não eram os seus pontos

MAGNÓLIAS 57

fortes. Mesmo porque a busca pela precisão, pelo golpe certeiro, levava-o a jogar sem muita diversidade de movimentos. Quando questionado por que não arriscava mais, sempre respondia a mesma coisa: Pra que dar sorte para o azar?

Montanha tinha um sorriso no rosto pronto para abraçar alguma alma desgarrada. Embora sempre houvesse alguém de plantão para fazer críticas com relação ao seu comportamento, todos, de certa forma, sonhavam em ser parecidos com ele. Montanha fazia questão de dizer que havia chegado de Porto Alegre, apesar de alguns rumores falarem que ele teria vindo do Alegrete. Quando queria causar impacto, dizia que fora criado na Praça da Matriz, o que teria lhe oportunizado o título de pertencer à gangue daquela região no início dos anos 80.

A facilidade de contar piadas e causar gargalhadas nos outros não era sua única virtude. Há de se considerar também o talento para tornar tudo que poderia ser difícil, ou até mesmo impossível aos olhos dos outros, relativamente fácil. Diante de adolescentes mórbidos, Montanha semeava sonhos. O contador de histórias se tornava mais sedutor ainda quando resolvia falar de música, sua principal fonte de inspiração. Com a mesma natu-ralidade com que cantarolava uma canção e outra, transitando por diversos estilos, pegava e largava as coisas também com facilidade. Como resistência, para não sucumbir diante dos efeitos do tempo, simplesmente não se deixava fixar a nada por muito tempo. Sua euforia contagiante convivia com uma silenciosa angústia acerca do amanhã.

Montanha sempre dizia a mesma coisa: "O que resta é o agora". Muitas vezes podia-se vê-lo trajando a mesma camiseta com a estampa da banda *Sex Pistols* com a frase lema de sua vida: "Viva rápido e morra jovem". Como Vento Norte, ninguém podia contê-lo. Aparecia e desaparecia conforme lhe convinha. Quanto ao seu jogo de capoeira? Inclassificável.

Índio nasceu na cidade de São Borja e chegou com a família em Santa Maria aos cinco anos de idade, em função de uma transferência de trabalho do pai. Sua terra natal era uma espécie de troféu quando queria fazer apoteóticas referências de suas origens. Repetia com frequência: "Moro em Santa Maria, mas na verdade sou são-borjense". Quando alguém o indagava sobre a localização desse lugar, respondia enfaticamente:

— Mas como! Não gostas de história? Ser de São Borja significa pertencer à terra do maior presidente que o Brasil já teve: Getúlio Vargas.

Com o passar do tempo, seus amigos se deram conta de que o único ponto capaz de o deixar exaltado era, justamente, lembrá-lo da cidade onde construíra suas primeiras lembranças infantis.

— Por que o maior presidente se ele era tão baixinho?

Apesar de não se deixar levar por ironia pobre, ele respondia com três afirmações:

— Porque ele criou a Petrobrás, as leis trabalhistas e, além do mais, nasceu em São Borja.

Índio foi seu nome de batismo de capoeira. Ainda assim, ele fazia questão de esclarecer por meio de seus parcos conhecimentos étnicos as origens de seus familiares, exigindo o direito de fazer uso dessa nomeação. Sempre repetia o mesmo texto:

— Sou descendente de cruza de índio paraguaio com bugre são-borjense. Meu tataravô era índio de origem paraguaia e se casou com minha tataravó, natural da cidade de São Borja. Essa resposta se tornou um clichê de suas origens, produzindo divertidas imagens na cabeça de seus amigos. Ainda que todos buscassem algum sentido para afirmações tão convincentes, não conseguiam. Contudo, de cabeças baixas, apenas riam cautelosamente. A coragem lhes faltava para deixar o riso transparecer. O respeito falava mais alto, levando-os a fazer silêncio e logo após repetir a mesma frase: "Salve o são-borjense"!

Com personalidade conciliadora, ele semeava a paz nas relações. Essa postura de vida se materializava em sua forma de jogar capoeira. Agilidade, rapidez e flexibilidade eram as suas maiores qualidades numa roda. Além dessas, existia ainda outra virtude jamais vista, pelo menos entre os Netos de Oxóssi, adeptos de um estilo ímpar de capoeira: capoeira regional. Tratava-se da capacidade de derrotar o adversário no jogo sem precisar agredi-lo, ou até mesmo atacá-lo. Índio comungava do movimento não violência. Atacar alguém, mesmo num jogo de capoeira, não fazia parte do seu repertório. Ele gostava mesmo da arte, da ginga, das acrobacias e da felicidade de brincar com os amigos. Às vezes, algum impertinente se passava, no jogo, com o propósito de provocar seus impulsos primitivos. Mal eles sabiam, Índio tinha a sabedoria de fazer o adversário cair, com a raiva encarnada na força do próprio golpe.

\#

As cinco horas e trinta minutos da manhã, Albino abriu a porta do apartamento 503 do edifício Pisani. Sua mãe estava aos prantos, sendo acudida por seu companheiro. Ambos, desesperados pelo sumiço do filho. Marcelo já demonstrava responsabilidade paterna com os enteados. Ao ver Albino, ele sentiu alívio por constatar que nada de grave havia lhe acontecido. Primeiro olhou para o menino deixando clara a reprovação de sua atitude, depois disse:

— Amamos-te muito, não faça isso de novo.

Isso o levou a abraçar Marcelo com tanta força a ponto de sentir sua cabeça espremendo as costelas dele.

— Vá lá e peça desculpas à sua mãe, enquanto faço o chá para acalmá-la.

Albino entrou na sala e viu sua mãe sentada. Ela o recebeu com lágrimas nos olhos, aparentando redenção ao enxergá-lo. Estendeu-lhe a mão num gesto de acolhimento. Ele se ajoelhou aos seus pés. Glória acariciou os cabelos do filho e começou a beber o chá. Sem dizer palavra alguma, mais uma vez, Marcelo demonstrava cuidado em não atrapalhar o espaço dos outros.

— Por que você sumiu de casa, filho? — perguntou Glória, com a fala entrecortada.

— Eu não conseguia dormir e fiquei com vontade de conhecer o centro.

— Tu és um adolescente, não podes andar pela rua numa hora dessas. Oh, meu Deus! O que é isso na tua cabeça? O que aconteceu? Bateram em ti? Assalto? Briga? Fale o que aconteceu? Não esconda nada.

— Foi um acidente. Caí e precisei levar pontos. Não se preocupe, agora está tudo bem. Os caras que deram o golpe também me socorreram. São pessoas legais.

— Como assim, pessoas legais? Estás louco? Gente boa não faz isso. Perdeste o senso do certo e do errado?

— Mãe, na verdade fui eu que fiz isso. Eles não tiveram culpa. Amanhã contarei tudo.

— Meu Deus! Onde fizeste esse curativo?

— No Pronto-Socorro de Fraturas, na Avenida Rio Branco.

— Tu, num pronto-socorro. Onde estavam os meus olhos?

— Mãe, não se culpe por tudo. Já sou grandinho.

— Grandinho! Tu pensas que te governas? Vou falar apenas uma vez: quem manda nesta casa sou eu e, fique sabendo, jamais irei admitir isso novamente.

— Eu sei. Mas esse Vento Norte me deixa confuso. Nesses dias sinto meu corpo se transformar. Fico louco, não consigo ficar parado, perco o sono.

MAGNÓLIAS 57

— Entendo o que estás falando. Vento Norte quando sopra desacomoda as coisas. Isso deve ter relação com a questão da gravidade dos corpos, eles ficam mais leves em dias de Vento Norte. Às vezes precisamos fazer um contrapeso com nós mesmos: cruzamos os braços sobre o corpo para segurarmos a roupa, diminuímos a marcha de nossos passos, inclinamos a cabeça e pisamos com força como se estivéssemos fixos ao chão. Essas são algumas das estratégias para atravessá-lo sem deixar-se levar. Preste atenção: Vento Norte tem seu lado bom ao encorajar as pessoas a fazerem as mudanças necessárias, sobretudo quando as fazem sentir seus corpos mais leves. Escute sua mãe: deixe-o acariciar sua pele com prudência, sinta do que é capaz ao se deparar com a magia de seu corpo. Mas, lembre-se, faça o contrapeso necessário para não perder o contato com o chão. O contato com o chão é tão fundamental na vida quanto o vento.

— Eu te amo, mãe.

— Também te amo.

— [silêncio]

— Olha só, quero ser capoeirista do grupo Netos de Oxóssi.

— O que é isso?

— Fiz amizade com alguns guris da capoeira e eles são desse grupo.

— Vá dormir um pouco, depois conversaremos sobre isso.

Albino acordou próximo do jantar. Ele foi acordado pelos irmãos, pois estavam curiosos para ver os pontos em sua cabeça e ouvir os relatos de suas aventuras no centro da cidade. Enquanto Juca tocava com cuidado o ferimento de Albino, Caçula o sacudia para acordá-lo.

— Acorda, Albino! Já é quase noite. Vamos jantar — insistia Caçula, ao perceber a dificuldade do irmão para despertar da primeira noitada de sua vida.

— Caçula, vamos colocar aquele disco dos Titãs com aquela música que ele gosta no volume máximo — sugeriu Juca.

— A mãe não vai gostar de barulho. Viu a cara dela? É melhor ficarmos quietos.

Albino acordou com a conversa dos irmãos. Caçula perguntou:

— Esse curativo na cabeça foi por causa de uma luta com assaltantes? Estavam armados?

— Chega de tanta pergunta, deixa o Albino acordar — falou Juca.

— Que horas são? — perguntou Albino.

— São quase dezoito horas.

— Tenho treino de capoeira às dezoito e trinta e não posso faltar.

— Treino do quê? — Caçula ficou surpreso com o entusiasmo do irmão.

— Capoeira! Vou fazer capoeira com os meus amigos Netos de Oxóssi. Preciso treinar para o batizado que vai acontecer nos próximos meses.

— Que batizado, mano? — perguntou Caçula em gargalhadas.

— Vocês não sabem de nada. É o batizado de capoeira.

— A mãe não vai deixar ninguém sair de casa hoje, afirmou Juca.

— Vai deixar, sim: dei a minha palavra.

— Podemos te ajudar. Mas, com uma condição, vamos todos juntos, eu, tu e o Caçula.

— Fechado.

Eles foram até a cozinha para falar com Glória. Ela auxiliava Marcelo a preparar o jantar e a comida do dia seguinte para os clientes.

MAGNÓLIAS 57

— O que foi agora? — disse Glória, já pressentindo algo.

— O mano Albino vai treinar capoeira com seus amigos e nós queremos assistir — falou Caçula.

— Como é que é? perguntou Glória. — Vocês querem me deixar louca? Vão já para o quarto de vocês. Após o jantar, todos terão muito para estudar.

— Mas mãe...

— Nem mais, nem menos, sem conversa. Além do mais, é muita coragem Albino pedir isso após o tumulto causado na noite passada. Você não tem vergonha de encorajar seus irmãos a serem irresponsáveis? Agora retornem para o quarto e não saiam de lá até serem chamados.

Marcelo observava tudo à distância, procurando ser cauteloso na intervenção das questões familiares. Contudo, nessa ocasião, ao ver os meninos retornarem calados ao quarto, aproximou-se de Glória e disse:

— Fostes dura com eles. Deveríamos apoiá-los nessa escolha. É preciso apostar.

— Escolha? Apostar? Do que estás falando? Pirou também? Trata-se de uma aventura qualquer, ou melhor, de outra, das inúmeras maluquices de Albino. Estou surpresa com a infantilidade de sua atitude. Além do mais, fique sabendo: sempre apostei nos meus filhos. Por eles me mantive viva até aqui, e agora vens falar de aposta. O que sabe sobre isso?

— O pouco que sei aprendi contigo. Existe aposta maior que amar alguém? Fala, droga! Existe? Amo esses meninos como se fossem meus filhos.

Marcelo largou as panelas, jogou o pano de prato na pia abarrotada de louças e se retirou da cozinha, deixando claro que os clientes não teriam almoço no dia seguinte.

Ao reconhecer razão suficiente para acolher as palavras do companheiro, Glória ficou envergonhada pela agressividade de suas palavras. Foi atrás dele e o encontrou parado diante da janela do quarto. Com o olhar turvo, Marcelo observava o movimento na Rua Floriano Peixoto. Ela o abraçou e disse:

— Desculpa. Tu és um presente em nossas vidas.

— Fomos todos presenteados.

— Vamos levá-los a essa academia. Será divertido e, depois, podemos tomar sorvete no calçadão.

Os dois dirigiram-se até o quarto dos meninos. Abriram a porta e foram surpreendidos com o cenário: Albino, Juca e Caçula estavam quietos, folheando os cadernos sobre as pernas. Glória disse:

— Vamos a esse treino de capoeira. Depois, tomaremos sorvete no calçadão.

Juca e Albino correram para colocar tênis, abrigo e camiseta. Caçula, transbordando de excitação, perguntou:

— Pode ser churro com mumu?

AMIGOS

Albino e os irmãos, cientes do atraso com relação ao horário do treino, despencaram os cinco andares do Edifício Pisani pelas escadas. Quando a mãe e o padrasto chegaram ao térreo, eles os aguardavam ansiosamente no hall de entrada. Marcelo abriu as portas do prédio, deu a mão a Glória e pediu aos meninos que fizessem o mesmo antes de atravessar a rua.

A sala de capoeira ficava nos fundos de uma academia de musculação. Albino, Juca e Caçula logo sentiram no corpo os efeitos do magnetismo que os atraía em direção à capoeira. Eram as palmas, as músicas, a sinergia do berimbau com o pandeiro e o atabaque. Excitados, saíram correndo como se fossem puxados por algum ímã.

O local de treino ficava num galpão com o pé direito alto, três janelas e uma porta de correr. A passagem se encontrava aberta, os alunos apareciam todos de costas como se estivessem a fazer alguma saudação: o mestre se situava de frente para a turma. Os três irmãos pararam um ao lado do outro, na entrada da academia. Apenas o mestre estava sem camiseta; os demais se encontravam descalços, trajando uma calça branca chamada abadá, com cordas de diversas cores amarradas à cintura. Com o olhar fixo, Albino leu novamente a frase escrita em cor verde: Grupo de Capoeira Netos de Oxóssi, acompanhada do desenho de duas pessoas jogando, o atabaque, o berimbau e o pandeiro. Após todos olharem os detalhes do cenário, eles foram surpreendidos pela voz do mestre:

— Atenção à saudação, aí! — aquele preto forte vertendo suor colocou a mão direita sobre o coração, estufou o peito, ergueu a cabeça e disse novamente: — Saudação à capoeira, aí!

— Salve! — exclamaram num coro todos os alunos.

— Saudação ao Brasil, aí!

— Salve!

— Saudação aos Netos de Oxóssi!

— Salve!

Terminadas as saudações, o mestre solicitou para fazerem um círculo com o objetivo de dar início à roda. Os três irmãos que acompanhavam a saudação seguindo os gestos e as respostas dos alunos ao seu comando ainda continuavam imóveis na porta, com a mão no peito e a cabeça erguida. O mestre se dirigiu ao encontro deles e, antes mesmo de convidá-los a entrarem, todos ouviram Marreco dizer:

— Mestre, este é o nosso amigo Albino.

— Você é corajoso. Enfrentou meus alunos. Saibam de uma coisa: capoeira é arte, jogo, tradição e cultura, não é, de forma alguma, uma briga.

O tom deixava claro tanto a convicção presente em suas palavras quanto o desejo de não precisar repetir aquilo. Após a fala ecoar nos ouvidos de seus alunos com o propósito de adverti-los, fez-se silêncio no recinto. Ciente do impacto causado com a força de sua voz, ele caminhou em círculos, com as mãos cruzadas junto às costas, o corpo ereto, a cabeça erguida e o olhar transparecendo o anseio de quem está à procura de olhares cúmplices. Ao perceber o grupo olhando-o, o mestre aumentou o tom:

— Tampouco ela estará a serviço da opressão dos fortes sobre os mais fracos. Os visitantes aqui presentes saibam que esses alunos serão punidos por essa atitude. Dedicarei meus pensamentos para refletir sobre qual a melhor forma de educá-los a respeitar a corda que carregam na cintura, o seu mestre, o grupo ao qual pertencem, suas raízes e tradições. Por isso, irei pessoalmente pedir desculpas aos pais desses guris.

MAGNÓLIAS 57

Albino respondeu:

— Também tive culpa, mestre. E eles me socorreram, e hoje somos amigos.

— Vocês são bem-vindos à minha academia. Podem assistir à roda. E com a capoeira vamos promover a paz.

A batucada começou e a roda seguiu seu ritmo. Marreco, Montanha e Índio, apesar de ficarem apreensivos pela reprimenda pública, não escondiam a alegria de receber Albino e seus irmãos na academia.

Os meninos se sentiram tão à vontade a ponto de interpretar o convite do mestre para entrar na sala como se fosse uma convocação a participar da roda. Rapidamente se sentaram ao lado dos capoeiristas, tomando-os como pares, tentando acompanhá-los nas palmas e no ritmo das músicas. Eles sequer se deram conta de que para sentar à roda deveriam pertencer ao grupo ou, no mínimo, serem convidados. Índio, ao constatar a invasão do amigo, dirigiu-lhe algumas palavras de advertência ao pé do ouvido. Albino nada ouviu, desejava apenas cantar.

Em outra ocasião, aquele gesto dos visitantes poderia ser interpretado como ato de desrespeito. Entretanto, aquilo foi acolhido tanto pelo mestre quanto pelos demais capoeiristas, como pedido de inclusão.

Marcelo percebeu a felicidade dos meninos. Glória testemunhava por meio de detalhes do cotidiano, o cuidado do companheiro com o futuro de seus filhos. Animados com a sinergia da ocasião, eles viram seus olhos se cruzarem como se portassem mensagens capazes de transmitir pensamentos:

— Glória, tu pensaste o mesmo?

— Claro! É isso aí! Vamos comprar as camisetas do grupo e matriculá-los na academia.

— No final da aula, anunciaremos a surpresa — exclamou Marcelo.

A roda terminou quando o mestre, no calor do jogo e na velocidade da cantoria, pronunciou em forma de relâmpago: — "Ieh". Somente isso: — "Ieh", e tudo parou. Os alunos se levantaram, os instrumentos foram recolhidos e os cordéis foram ajustados à cintura. Era a preparação para a saudação final, que simbolizaria o término daquele encontro. Albino, Juca e Caçula já se encontravam juntos aos demais alunos para saudarem a capoeira, como se fizessem parte do grupo.

— Atenção à saudação, aí!

— Saudação à capoeira, aí!

— Salve!

— Saudação ao Brasil, aí!

— Salve!

— Saudação aos Netos de Oxóssi.

— Salve!

Após a saudação, Montanha, Marreco e Índio foram em direção a Albino para cumprimentá-lo. A empatia mútua era tamanha a ponto de aparentarem amizade de longa data.

O mestre observava-os à distância. Com os braços cruzados, aproximou-se. Albino logo perguntou:

— Quando será o batizado?

— Calma, nem começou a treinar e já quer saber de batizado. Você é ligeirinho, hein?

— Mas, mestre, para usar uma corda dessas não é preciso ser batizado?

— Sim, tens razão. Para carregar essas cordas na cintura, antes de ser batizado, terá que suar muito. Você sabe o que isso significa? Praticar capoeira todos os dias.

— Não se preocupe, vou treinar bastante.

— Como é o seu nome? — perguntou sorrindo, o mestre.

MAGNÓLIAS 57

— Albino.

— Albino, para fazer capoeira é preciso ter a autorização dos pais. Caso eles permitam, você e os seus irmãos serão bem-vindos.

Antes de Albino ensaiar alguma resposta, Marcelo e Glória estavam ao seu lado com as camisetas do grupo Netos de Oxóssi e os recibos das matrículas em mãos. Apresentaram-se ao mestre, deixando-lhe claro as suas autorizações. Após ouvi-los, o mestre movimentou a cabeça num gesto de acolhimento.

Caçula interrompe a conversa:

— Mestre, qual é a primeira coisa para se aprender na capoeira?

— Você não ouviu o que eu falei antes? Aprende a tratá-la como arte, tradição e cultura. Aprende a respeitar a história de seu povo e suas origens.

— Entendi. Quero saber sobre os golpes.

— Começa-se sempre pela ginga. Para ser um bom capoeirista é preciso saber gingar. A capoeira exige leveza, malandragem, força, precisão e flexibilidade. A ginga é a base de tudo isso.

Juca e Albino dividiram os olhares para Marreco, Índio e Montanha e juntos disseram:

— Quem vai nos ensinar a gingar?

O mestre interveio: — Hoje eles não vão poder ajudá-los. Precisamos conversar.

Marcelo e Glória perceberam a disposição dele para continuar a conversa com seus alunos e entender os motivos de suas atitudes na noite anterior. Glória foi dizendo:

— Vamos tomar sorvete. Depois vocês treinam a ginga. Agora o mestre vai conversar com os alunos. Além do mais, amanhã vocês poderão treinar, já estão matriculados.

Albino e os irmãos se despediram e foram embora simulando uma ginga desajeitada. Antes de atravessarem a porta para retornarem ao pátio, o mestre falou:

— Faltam seis meses para o batizado.

Albino afirmou:

— Até lá estaremos craques.

Após o sorvete, retornaram para casa.

Albino dormiu.

Parado a alguns metros da ponte conhecida como Garganta do Diabo, ele tinha em seus planos subir a serra para se aliviar do calor daquela manhã de domingo. Procurava se banhar em algum açude e precisava de uma carona para subir os dez quilômetros de estrada.

Embora estivesse com o polegar esticado para sinalizar aos motoristas o pedido de carona, ninguém parava. Todos, ao se aproximarem, diminuíam a velocidade e, logo após, aceleravam novamente. Passaram-se mais de hora quando apareceu um automóvel subindo a serra. Nenhum outro subia ou descia, apenas aquele Ford — Corcel II verde. Em vez de trazer alegria pela oportunidade de carona, deixava-o numa alarmante sensação de angústia. Tomado por impulso, Albino recolheu a mão. Alguma coisa lhe dizia para não solicitar carona diante daquele presságio ruim. Quanto mais o carro se aproximava, menor era a velocidade, e maior o medo. Chegou a pensar em dar as costas, contudo achou melhor encarar a situação. Ao chegar diante dele, o carro parou. Albino olhou para o interior do automóvel e constatou: não havia ninguém. Arrepiou-se dos pés à cabeça, ficando imóvel no asfalto escaldante. Quando estava prestes a gritar, ouviu o som do berimbau acompanhado da música:

MAGNÓLIAS 57

"Quem vem lá – sou eu

Quem vem lá – sou eu

Berimbau bateu

Capoeira sou eu

Quem vem lá – sou eu

Quem vem lá – sou eu

Berimbau bateu

Capoeira sou eu..."

À medida que a melodia ia se tornando mais próxima, ele sentiu os movimentos do corpo, tirou os olhos de dentro do carro e avistou Índio, Montanha e Marreco. Todos subiam a serra a pé, como se fossem levados pela energia da canção e pelo propósito de alguma missão a ser cumprida. Cada um tocava um berimbau de cor diferente, carregando-o à frente de seus corpos. Ao se aproximarem de Albino, o carro começou a rodar.

— Vamos lá Albino, viemos buscar você. Chega de moleza. Quer ser capoeira? Começou o treinamento. Treinamos até no domingo.

Montanha parou na frente dele, colocou as duas mãos em seus ombros e disse:

— Tome cuidado, não faça mais isso! Jamais pare na Garganta do Diabo sozinho. Nunca peça carona perto dessa ponte. Entendeu?

— Albino girou os olhos em sinal de consentimento. Montanha retirou a corrente que costumava colocar na boca na hora de jogar capoeira e colocou no pescoço dele, dizendo-lhe:

— Não tire nem para tomar banho, ela protegerá você.

— Aonde vamos? — perguntou Albino.

— Vamos subir a serra a pé, para fortalecer as pernas, até a cascata do Timbaúva, próxima do Socepe. De manhã será o treino de força e resistência, por volta de uma hora da tarde vamos comer. Depois, banho de cascata e carona com algum caminhoneiro para retornar. Mas antes disso vamos fazer o teu rito de passagem para entrada no grupo.

— Rito de quê? O que é isso?

— Comece a caminhar, temos muita estrada pela frente. Quando chegarmos ao Timbaúva será só o começo. Teremos algumas trilhas, inclusive pela água.

O esforço era grande para conseguir acompanhar os amigos. Apesar de não querer demonstrar fraqueza, a exaustão levou-o a pedir alguns minutos de descanso. Já estavam sob os cuidados da sombra de Timbaúva. Abrigados em suas copas, nem mesmo o sol de trinta e oito graus parecia incomodar.

Albino adormeceu debaixo da árvore e quando acordou tinha em sua frente uma jarra de suco de abacaxi. Tomou-o, deixando pouco para os companheiros. Antes de tentarem dormir outra vez, Marreco advertiu:

— Vamos descer a cascata. Está ficando tarde.

A sombra de Timbaúva foi necessária para recuperar as energias. Restava ainda alguns minutos de caminhada em busca da cascata. A diferença é que em vez de subidas e asfalto, estariam trilhando descidas no meio do mato e do rio de pedras.

O cansaço da jornada de quase três horas de caminhada ficou ofuscado diante da expectativa do treinamento. Caminhar no rio de pedras, cercado de mata nativa, deixava-o radiante. Embora Albino nunca estivesse antes naquele lugar, ele sentia estranha familiaridade. Sentado numa pedra e com os pés no rio, percebeu tudo aquilo fazendo sentido. Olhou no horizonte e viu Marreco, Índio e Montanha seguirem a trilha e teve o mesmo sentimento. Apesar das diferenças de temperamento, aparentavam conviver em sintonia.

MAGNÓLIAS 57

Tão logo suas divagações se esvaíram, viu seus amigos se dissipando na trilha de água e pedra. Marreco, Índio e Montanha já estavam a cinquenta metros à frente se banhando na cascata quando ele os avistou, após uma sequência de passos largos.

Após duas horas de algazarra, saíram famintos da água. Índio foi separar os sanduíches para o lanche, antes do treino. Albino se aproximou, hesitou em lhe fazer uma pergunta, mas arriscou fazê-la:

— Tu não tens medo de que algum dia essa amizade acabe?

Índio levou a sério a interpelação do amigo. Fez questão de largar as coisas, colocou a mão no ombro esquerdo dele e falou:

— Amizade não se faz e tampouco se perde, apenas se reconhece. Acredito nisso.

Albino ficou pensativo com a resposta. Ficaram calados por alguns minutos. Logo se aproximaram Montanha e Marreco. Cada um devorou dois sanduíches, duas bananas e alguns litros de limonada. Após o lanche procuraram a sombra de alguma árvore para se proteger do sol que ainda dava mostras de irradiar sua potência.

Assim que despertou de um cochilo, Albino foi surpreendido outra vez. Marreco estava parado à sua frente, segurando um canivete vermelho na mão direita. A lâmina refletia fragmentos de raios do sol.

Montanha e Índio também foram pegos de sobressalto, embora demonstrassem prudência em acompanhar o desdobramento da cena e não desautorizar, antecipadamente, o amigo.

— Vai fazer o que com isso? — perguntou Montanha.

Marreco esticou a mão esquerda, colocou a ponta da lâmina sobre a superfície interna do polegar, olhou para todos e disse:

— Chegou a hora do treino para o batizado. Antes de começar, faremos o nosso cruzamento de sangue. Lembram?

Essa é a regra para alguém entrar na turma e ser nosso amigo. Teremos o sangue uns dos outros circulando em nossas veias.

— Será? Não é cedo demais? — questionou Índio.

— Ele é um dos nossos. Não percebeu?

— Claro! — respondeu Marreco. — Desde o início ele deu mostras disso.

— Concordo — reavaliou Índio.

Deitado debaixo da árvore, Albino acompanhava o desenrolar daquele diálogo. Levantou-se e foi até eles:

— O que vocês estão bolando com esse canivete aí na mão? Vamos treinar técnicas para desarmar os adversários?

— Primeiro, o cruzamento de sangue. Depois, o treino — respondeu Marreco.

— Como é que é? Cruzamento do quê? Beberam? Estão loucos? São pirados da cabeça? Eu vim aqui para aprender capoeira. Não estou a fim dessas doideiras.

— Não se trata de doideira. Tu achas que nós iríamos vir até aqui, fazer toda essa caminhada, caso não levássemos isso a sério. Capoeira é a nossa vida. Estamos sempre dispostos a treinar. Mas, antes dela, vem a amizade. Saiba de uma coisa: para fazer treinos secretos, precisa ser mano. E para ser mano terá que misturar uma gota do seu sangue com o nosso. Vamos de uma vez com isso.

— Já tenho irmãos. Não preciso de outros.

Índio pegou o canivete e fez um corte no polegar direito. Montanha e Marreco repetiram o mesmo gesto. Os três esticaram o braço, deixando os dedos cortados próximos uns dos outros. Fizeram um círculo e pareciam dispostos a ficar naquela posição o tempo necessário para Albino realizar o mesmo ato. Ele viu algumas gotas de sangue escorrer pelas mãos de seus amigos. Pegou a sua mochila e começou a dar os primeiros passos para retornar à cidade.

MAGNÓLIAS 57

— Seus birutas, filhos da mãe! — Albino esbravejou com raiva.

— Entendi... Tá com medo de cortar o dedinho. Vá embora, seu moleque. Covardes não podem ser Netos de Oxóssi e, muito menos, nosso mano.

As palavras de Montanha entraram como adaga em seus ouvidos. Albino largou a mochila, virou em direção a eles e começou a caminhar pisando firme. Arrancou o canivete da mão de Marreco e cortou sem hesitação o próprio dedo. O orgulho ferido o fez realizar um corte mais profundo que o necessário. Tão logo a mão ficou encharcada de sangue, todos fizeram os dedos se tocarem. Após o cruzamento de sangue, estavam determinados a ensinar ao novo companheiro os movimentos básicos da capoeira: a ginga, o manejo das mãos, a malandragem do olhar, a ponteira, o esporão, o martelo, o rabo de arraia, a meia lua de compasso e a rasteira.

Antes do anoitecer voltaram à estrada em busca de carona para retornar ao caminho de casa. Um caminhão caçamba os esperava, estacionado no acostamento. Algumas meninas se encontravam na carroceria. Embora estivessem cansados da jornada exaustiva, começaram a saltitar de tanto tesão. Com olhar de predador obstinado, Montanha começa a cantar sem preocupação com letra e rima:

"A mulher para ser bonita, Paranáaa, não precisa se pintar, Paranáaa, a pintura é do diabo, Paranáaa, e a beleza é Deus quem dáaaa, paranáaa... paranaueee... panaueee Paraná, paranaueee, Paraná, paranaueee, Paraná... Quando vinha para cá, Paranáaa, uma cobra me mordeu, Paraná, meu veneno era mais forte, Paranáaa, foi a cobra que morreuu. Paranáaa, paranaueee, paranaueee Paraná, paranaueee, Paraná..."

Marreco recriminou a ladainha escolhida para a ocasião. Com sorrisinho galanteador advertiu:

— Elas merecem uma canção mais delicada. — Empunhou o berimbau e soltou o verbo:

"Me leva, morena, me leeeva, me leeeva pro seu bangalô... me leva, morena, me leva que além de capoeira sou bom trovador...

Me leva, morena, me leeeva, me leeeva pro seu bangalô, me leva, morena, me leeeva, que além de capoeira sou bom trovador..."

Albino grudou os olhos numa guria de lábios carnudos. Ela esticou o indicador dando mostras de querer se aconchegar ao seu lado.

Ao ensaiar o primeiro passo, ouviu a voz da mãe dizer:

— Acorda, Albino. Vamos, já dormistes bastante.

Ele levantou da cama ainda tropeçando nos fragmentos do sonho. Tomou o café da manhã, arrumou a mochila e foi para a escola. Estava curioso para assistir à aula de física agendada para o primeiro período da manhã. Nunca havia escutado qualquer coisa a respeito da matéria do dia: óptica. Albino sentou na primeira fila e ficou atento para a explanação do dia.

O professor de física era mestre em fazer os alunos se apaixonarem pelos estudos. Naquele dia ele estava disposto a ensinar como se formam as imagens que as pessoas enxergam. Iniciou falando das correlações entre imagem real e imagem virtual; da necessidade de haver uma convergência dos raios luminosos na retina do olho para a imagem se constituir. Logo constatou o quanto a sua explicação os deixava confusos. Então,

MAGNÓLIAS 57

pegou um espelho plano e colocou na frente do rosto e disse para a turma que a formação de sua imagem era o reflexo do ponto ao qual o seu olho se encontrava. Disse-lhes ainda:

— A convergência dos raios luminosos refletida por cada objeto é condição para uma imagem ser integrada.

Albino levantou o dedo e perguntou:

— E o pai! Quero dizer, o arco-íris, como o senhor explica a ocorrência dele?

— O professor sorriu ao perceber o lapso do aluno, mas se limitou a dizer:

— O arco-íris não está lá onde você o vê.

— Como não está lá se o vemos?

— O que você enxerga é apenas um reflexo.